대통령 이재명과의 동행

국가 정상화와 회복을 위한 210일

대통령 이재명과의 동행

국가 정상화와 회복을 위한 210일

1판 1쇄 펴냄 2026년 3월 1일

지은이 우상호
발행인 김병준 · 고세규
발행처 생각의힘
편집 박승기 디자인 김경민 마케팅 김유정 · 신예은 · 최은규

등록 2011. 10. 27. 제406-2011-000127호
주소 서울시 마포구 독막로6길 11. 2, 3층
전화 편집 02-6925-4185 영업 02)6925-4188 팩스 02)6925-4182
전자우편 tpbook1@tpbook.co.kr 홈페이지 www.tpbook.co.kr

ISBN 979-11-94880-47-9 (03810)

대통령 이재명과의 동행

국가 정상화와 회복을 위한 210일

우상호 지음

생각의힘

서문

사람에게는 누구나 개인의 유불리를 떠나 절실하게 진심이 되는 순간이 있다. 12·3, 그 겨울밤. 참으로 많은 사람들이 한꺼번에 그런 순간이 되었다. 나 역시 그러했다.

강원도 선대위원장으로 임명되어 이재명 대통령 후보를 모시고 철원에서 선거운동을 시작했을 때도, 대통령실 정무수석으로 소환되었을 때도, 이것은 정치 일정이기 이전에 무너진 민주주의를 복원하는 역사로 다가왔다. 이것저것 타산하지 않았고, 절실하게, 진심으로 국가의 정상화와 회복에 기여하고 싶었다.

인수위가 없는 두 번째 정부, 국민주권정부의 출발을 연필한 자루 제대로 없는 용산 대통령실에 첫 출근하면서 시작했다. 격무가 계속되었지만 동시에 놀라움의 연속이었다. 국가위기 상황에서 이재명 대통령을 만난 것은 대한민국에도, 나에게도 행운이었다. 국정은 정상화되었고 경제를 비롯하여

사회 전반이 빠르게 회복되었다.

자기 자랑이 숙명인 정치인으로서, 내가 나 말고 다른 누군가의 이야기를 이렇게 길게 써본 적이 있던가? 그러나 이 글은 찬사가 아니라 국민과 함께 나누고 싶은 공감대 만들기다. 국민주권정부가 가야 할 길은 아직 멀다. 내란 청산도 아직 완료되지 않았고, 국제적 환경은 여전히 격랑 중이고, 주식시장 정비 이후 이재명 대통령이 최근에 꺼내 든 부동산 문제는 민주당 정부에게 뼈아픈 경험을 안겨 주었던 쉽지 않은 산이다.

멀고 힘든 길은 국민과 함께 가야 성공할 수 있다. 우리 손으로 뽑은 리더는 무슨 생각을 하고 있고, 문제를 어떻게 대하며, 어떤 방식으로 풀어가고 있는지 국민들이 잘 알아야 함께 갈 수 있다. 수많은 미디어가 연일 뉴스와 정보를 쏟아내고 있지만 안타깝게도 아직도 많은 사람들이 대통령의 진면목을 잘 모른다. 국민주권정부의 초대 정무수석으로서 지난 210일간 듣고 본 대로 소상히 전달하는 것이 나의 책임이기도 하고, 앞으로 닥칠 산적한 문제를 풀어가는 원칙과 실마리를 보여주고 있기에 함께 배우고 생각해 보고 싶어 이 기록을 남긴다.

이재명 대통령은 "국가 균형 발전은 발전 전략이 아니라 생존 전략"이라고 하였다. 그만큼 절실하다는 뜻일 게다. 나는 이 말을 나에게 부여된 두 번째 미션으로 받아들였다. 강원도

산천을 다닐 때마다 갖가지 구상으로 마치 초선의원 때처럼
심장이 뛴다. 비상계엄을 막아내고 새로운 정부를 세운 위대
한 국민과 함께 '전환과 도약의 강원시대'를 만드는 데 최선을
다할 것을 약속드린다.

2026년 3월

우상호

차례

1부

동행

국민주권정부와 함께한 210일

이재명 정부 초기 6개월을 되돌아보면,
이재명 대통령에게서는 김대중 전 대통령의 실용주의와
노무현 전 대통령의 개혁성이 겹쳐 보일 때가 종종 있었다.
내가 보고 겪은 바에 따르면,
김대중 전 대통령 역시 결과를 중시했지만,
지금처럼 '속도'를 전면에 내세우지는 않았다.
노무현 전 대통령 또한 개혁의 용기를 보여 줬지만,
속도를 일관되게 강제하지는 않았다. 이재명 대통령은
이 두 가지를 동시에 요구한다. 개혁과 실용을 함께 끌고 가면서,
여기에 '속도'와 '성과'를 전면에 배치하는 것이다.

<u>1장</u>

그리고 아무도 없었다

"저하고 같이 일 좀 합시다"

전화를 끊고 결심이 시작되다

대통령 선거일인 2025년 6월 3일 오후, 전화가 울렸다. 이재명 대통령 후보였다. 나는 전날 밤 늦게 강원도에서 올라와 개표방송 출연을 준비하던 때였다.

"이재명입니다."

목소리가 밝았다. 선거 결과를 긍정적으로 바라보고 있는 듯했다.

"아이고, 고생하셨고, 잘될 것 같습니다. 강원도도 분위기가 좋습니다."

"네, 수고하셨습니다. 만약 당선이 되면 대통령실에서 함께 일했으면 좋겠습니다."

단도직입, 거두절미. 본론부터 얘기하는 평소 스타일 그대로였는데, 좀 당황스러웠다. 2026년 6월 지방선거에서 강원도 지사 출마를 결심하고 있었기 때문이다. 대통령실 참모로 발

12

탁되면 최소 1년에서 1년 6개월 정도는 꼬박 몸 바쳐 일하는 것이 관례였다. 더구나 12·3 계엄이라는 헌정 중단의 위기를 겨우 넘기고 천신만고 끝에 집권한 대통령을 보필하는 책무가 아닌가. 국정이 안정될 때까지 최선을 다해야 할 일이었다. 출마한답시고 8~9개월만 일하고 그만두는 건 도리가 아니었다.

"정무수석으로 일해 주시면 좋겠습니다. 우 의원님도 아시겠지만, 정권 초기에 대통령실이 안착하려면 정무수석이 정말 중요합니다."

후보의 목소리에 힘이 실려 있었다. 여러 가지 생각으로 내가 말이 없자, 무슨 짐작이라도 했는지 후보가 마침표를 찍듯 말했다.

"우리 민주당은 물론이고 야당과도 두루 원만하고 소통이 잘되려면 우상호만 한 사람이 없다고 생각합니다. 아시다시피 지금 국가는 위기입니다. 이것저것 따질 틈도 없이 당장 일을 시작해야 하고요. 저를 도와주세요."

말문이 막혔고, 동의할 수밖에 없었다. 국가가 위기이니 도와 달라는 요청에 더 버틸 수가 없었다.

휴대전화를 내려놓고 멍하니 창밖을 바라보았다. 갖은 생각들이 두서없이 떠올랐다가 멀어졌는데, 일단 강원도지사 출마 생각부터 접어두어야 했다. 사람의 일은 하늘도 모른다지만, 1년이나 남은 선거를 마음에 둔 채로 대통령실에 들어갈 수는 없었다. 나는 무슨 '원대한 계획'을 앞에 걸어 놓고 그에 맞춰 현재를 궁리하는 체질이 아니다. 그런 식으로 살아본 적도 없고, 그렇게 일하고 싶지도 않았다. 아예 안 하면 몰라도, 일단 시작하면 끝장을 봐야 하는 거다.

목숨을 바칠 때 마음은 가라앉고

익숙한 민중가요 한 대목이 위로처럼 귓가를 스쳐 갔다.

"사랑을 하려면 목숨 바쳐라… 민주를 하려면 목숨 바쳐라…."

김남주 시인의 〈사랑 2〉에 곡을 붙인 노래였다.

"목숨을 바칠 때 사랑은 아름다워라… 목숨을 바칠 때 민주는 아름다워라."

그렇게 한참 흥얼흥얼하는 동안 가슴에 일던 파도가 차츰 가라앉았다. 예나 지금이나 나는 참 단순한 인간이라는 생각이 저절로 들었다. 원치 않는 상황이라도 해야 할 일이라면 내 처지나 입장을 굳이 내세우지 않는 편이라서 그렇다. 필생의 소망이던 시인의 꿈을 접고 학생운동에 뛰어들 때도 그랬고, 멀쩡한 4선 국회의원이면서 후배들에게 길을 열어 줄 결심으로 총선 불출마를 선언할 때도 그랬다. 내가 욕망하는 대로 살아갈 만큼 순탄한 시절이 아니어서 그렇기도 했지만….

그래도 그렇지, 아무리 귀가 순해지는 나이[耳順]라고는 하지만, 어쩌면 인생의 마지막 소망일지도 모를 결심을 이런 식으로 단박에 접어 버린 건 좀 성급했다는 후회가 밀려왔다. 한

번쯤은 고집을 부려도 되지 않았을까? 아니, 생각할 시간을 좀 달라고, 그래도 한 번쯤 버텨 볼 수도 있지 않았을까…?

그러다 이내 고개를 저었다. 머릿속은 늘 복잡하더라도 삶은 최대한 간결해야 한다. 곧 대통령이 될 사람이 말하지 않던가. 당장 일을 시작해야 한다고, 도와 달라고. 이런 판국에 내 욕심을 중심에 놓고 좌고우면하는 건 염치없는 짓이었다.

"형님이 그거 해보세요"

고향이 무대가 되던 날

가장 유력한 대통령 후보가 나를 알아봐 준 건 천 번 만 번 고마운 일이다. 그런데도 아쉬움이 남았던 이유는 몇몇 사람들만 아는 작은 사건(?)이 있었기 때문이다.

대선을 약 한 달 앞둔 2025년 5월 2일, 민주당의 이재명 대통령 후보는 첫 경청 투어 이틀째부터 강원도를 찾았다. 첫날 경기도 포천과 연천을 방문했던 이재명 후보는 다음 날부터 강원도로 들어섰다. 내 고향인 철원을 시작으로 화천·인제·고성·속초로 이어지는 일정이었다. 강원도를 연고로 둔 정치인들은 당연히 후보의 수행에 앞장섰다.

강원도 경청 투어는 내가 태어난 철원군 동송면 이평리의 동송전통시장에서 시작했다. 4선 국회의원을 하는 동안 숱한 선거를 치렀지만, 대통령 후보의 강원도 방문을 철원부터 시작하는 건 처음이었다. 후보와 수행하는 일행들이 시장을 한

바퀴 도는데, 내 친구들, 누나 친구들, 형 친구들이 다 나온 것 같았다.

친구들은 내가 이재명 후보를 가장 먼저 철원으로 동행해 온 것으로 알았다. 반갑게 악수하고 얼싸안고 큰소리로 안부를 나누느라 앞으로 걸어가기가 힘들었다. 좀 과장하면 대통령 후보의 방문이라기보다 나의 고향 방문 행사처럼 여겨질 정도였다. "원님 덕에 나발 분다"는 속담도 있지 않은가.

사건? 아니, 사고?

철원 방문을 마친 후보와 수행단 일행은 곧 화천으로 향했다. 화천 순방을 마치고 늦은 점심을 하는 자리였다. 밥이 나오기 전에 내가 이재명 후보께 먼저 요청을 드렸다. 대통령이 되시면 오늘 행선지인 철원, 화천을 거쳐 양구, 인제, 속초까지 연결하는 자동차 전용도로를 꼭 해 주시라고 요청했다. 서울에서 강원도로 오려면 영동고속도로만으로는 부족하니 교통량도 분산하고, 낙후된 지역 발전에 필요한 기반 시설이 될 수 있다고 강조했다. 민주당의 강원도 국회의원과 지역위원장들도 원하는 정책 제안이었다. 그런데 가만히 듣고 있던 이재명 후보가 한마디를 툭 던졌다.

"형님이 그거 해 보세요."

"예? 제가요?"

"형님이 맡아서 하시면 되잖아요."

서로 알고 지낸 지 20년도 넘었으니 공식적인 자리가 아니면 자주 '형, 동생'으로 호칭하던 때였다. 그런데 갑자기 시간이 멈춘 것처럼 느껴졌다. 이재명 후보를 제외하고 밥상에 둘러앉은 10여 명이 한순간에 '동작 그만' 상태가 된 것이다. 나는 어색한 분위기를 눙치려고 가볍게 너스레를 떨었다. 이대로 두면 '사건'이 되지만, 농담처럼 뭉개서 '사고' 정도로 만드는 게 좋았다.

"에이, 무슨 농담을 하시고 그러세요?"

"왜, 안 하시려고?"

이재명 후보 특유의 반어법이었다. 나도 잠깐 멈칫했다. 이런, 이 양반이 진짜 '사건'을 만드시려나 싶었다. 그러나 후보의 입가에 웃음이 번져서 그제야 다들 굳었던 얼굴을 풀었다. 때마침 주문했던 점심상을 차리느라 분주해져 어색한 상황은 모면할 수 있었다. 선거 때면 사석에서 농반진반으로 오고 가는 에피소드 하나 정도로 축소된 것이다. 대선이라는 중요 국면을 앞두고 다소 긴장해 있던 자리를 풀어 내는 적당한 얘깃거리였으니까.

그렇게 어색한 분위기는 풀어졌고, 다행히 밥을 먹다가 돌출한 해프닝으로 가라앉았는데, 솔직히 당사자인 나로서야 없던 일처럼 아무렇지 않게 받아들이기는 힘들 수밖에 없었다. 다른 분들은 몰라도 나한테는 분명히 '사건'이었다.

속초의 밤

그날 일정을 마치고 속초의 호텔에 짐을 풀었다. 하루 새 강원도의 서쪽 끝에서 동쪽 바닷가까지 이어진 강행군이었는데도 밤늦도록 잠들지 못했다. 이재명 후보의 언질 때문만이 아니라, 훨씬 전부터 고향의 후배들이나 친구들이 다그치고 얼러 오던 일들이 주마등처럼 지나갔기 때문이었다. 22대 총선에 불출마하고서 1년 가까이 경기도 포천을 오가며 밭농사를 지을 때 특히 그랬다.

"형님, 꼭 서울에서만 뛰어야 합니까? 강원도도 한 번 생각해 주세요."

"야, 상호야. 서울이 중요하다는 걸 우리가 왜 모르겠냐? 근데 우리한테는 강원도도 서울만큼 중요해."

"아휴~ 강원도에는 사람이 없단 말이여! 다음 선거에 또 진다니깐!"

당시에는 전임 대통령이 나라를 망가뜨리고 있을 때여서 그들의 말이 더 무겁게 다가왔다. 사람이 없고 대안이 없어서 말 많고 탈 많은 지방정부를 그냥 두고 보는 수밖에 없다는 말에 목구멍 안쪽이 뜨끔뜨끔했었다. 분통을 한가슴 담고 한달음에 서울까지 와서는 소주라도 마셔야겠다는 그들의 마음을 헤아리고도 남았다. 만취해서 여관방에 들여보내면 한숨을 내쉬던 고향 동생들도 여럿이었다.

"고민해 볼게."

　포천에서 밭일을 하다 급히 불려 내려온 나는 운동화의 흙먼지를 내려다보며 기어드는 목소리로 그렇게 말할 수밖에 없었다. 미안하고 또 미안했지만, 마음만 먹는다고 될 일이 아니었다. 시간이 더 필요했다. 강원도보다, 서울보다 정권 교체가 더 절실한 문제였던 것이다.

　이런저런 상념들로 속초의 밤은 깊어 갔다. 고향 후배들과 친구들의 안타까운 표정 위로 점심 밥집에서 이재명 후보의 덤덤한 표정과 경상도식 억양이 겹쳤다.

　오래 경험하고 훈련된 감각으로 보아 결단해야 하는 시간이 다가온다는 느낌이 들었다. 대선 기간에 강원도를 열심히 둘러보아야겠다고 생각했다. 다니면서 강원도가 정말 나를 필요로 하는지 냉정하게 살펴보겠다는 것, 내가 정말 해야 할 일이 있는지 찾아보겠다는 것을.

진짜로 인사가 만사였다

출마 생각도 물리고, 농사일도 물리고

정무수석은 처음이지만 일단 편하게 마음먹기로 했다. 객관적으로 보더라도 내가 어쨌든 원내대표도 했고 비대위원장까지 했으니까, 여당 국회의원들과의 소통은 어렵지 않을 것이었다. 또 민주당에서 20년 넘게 정치를 하면서 특정 계파에 들어간 적이 없으니, 소위 말하는 친명, 비명 가리지 않고 친분이 깊었다. 야당 의원들과도 두루 원만해서 유별나게 척진 분들도 없었다. 그러니 직무를 수행해 나가는 데 곤란은 없을 터였다. 당시 이재명 후보도 그런 점을 고려하지 않았을까.

대통령실로 출근하려면 주변 정리를 좀 서둘러야 했다. 농사짓던 일부터 뒤로 물려야 했다. 포천 밭 옆의 농막에 그득했던 짐도 빼고, 잡아 두었던 약속들도 미루거나 취소했다. 그런 와중에 여러 경로를 통해 주요 인사 소식을 전해 들었다. 무엇보다 강훈식 비서실장 임명 소식에 깜짝 놀랐다.

의원직도 내려놓는 결심

10년 후배인 강 실장은 3선의 현역 국회의원이었다. 총리와 장관 등 내각의 각료들은 의원직 겸직이 가능하지만, 대통령의 참모로 청와대에서 근무하면 사퇴해야 한다. 아무리 대통령이라도 현역 3선 의원을 상대로 국회의원직까지 그만두고 비서실장으로 일하겠다는 결심을 받아낸다는 것은 대단한 리더십이었다. 대통령이라는 직위를 떠나 이재명이라는 지도자의 풍모가 어떤지 짐작할 만한 사건이었다.

다른 한편으로는 강훈식 의원이 3년이나 남은 임기를 포기하고 대통령의 요청을 받아들인 건, 그만큼 나라의 운명이 절박했다는 방증이기도 했다. 이재명 대통령과 강훈식 비서실장이 국내외 정세를 읽는 감각도, 감당해야 할 책임감의 정도도 비슷하게 느끼지 않았을까 싶다. 뒤에 따로 얘기하겠지만, 두 양반이 현안을 판단하는 관점이 거의 일치하는 것도 이런 까닭일 것이다. 참모들이나 직원들 사이에서 '싱크로율 99%'라는 감탄이 그저 나온 게 아니다.

아무튼 대통령실 출근을 결정한 건 백번 잘했다는 생각이 들었다. 국회의원직까지 내려놓고 대통령을 돕겠다는 사람도 있는데, 내가 딴청을 부렸으면 세상 사람들이 웃을 뻔했다. 내가 그 정도의 염치는 안다는 게 다행이었다.

개인적으로도 강훈식 의원을 비서실장에 임명한 것은 큰 의미가 있다고 보았다. 1970년대생 대통령 비서실장은 처음이라 세대 교체라는 메시지로 읽을 만했다. 내가 22대 총선을 한참 남겨 놓고 불출마를 선언한 이유와도 맞닿아 있다. 이제 1세대 386들은 현장에서 좀 물러나고, 후배 세대가 나설 수 있도록 길을 터 주자는 생각이었다. 나의 이런 속마음이 대통령에 의해 구체화되는 것 같아서 반가웠다.

또 최측근을 비서실장으로 쓰는 기존의 대통령실 문법과도 달라서 참 신선했다. 대통령이 정말로 폭넓게 통합의 정치를 하려고 노력하는 모습이 보기에도 참 좋았다.

인사가 보여 준 국정의 방향

김민석 의원이 총리에 내정된 것도 좋았다. 이재명 대통령의 인사 스타일을 긍정적으로 평가할 만한 흐름이라 생각했다. 오랫동안 야인으로 지내느라 힘들었지만, 안정감 있고 영민한 데다 부지런하고 치밀한 일 처리로 정평이 난 분이었다. 대통령직 인수위원회 절차도 없이 급하게 행정부를 움직이려면 탄탄대로를 달려온 인물보다 다사다난한 경험치가 더 유용할 수 있었다. 마침 김민석 총리도 나와 오랜 친분이 있으니, 그 또한 다행이었다.

새로운 정부가 들어설 때마다 첫 관심 포인트는 인사였다. '인사가 만사'라는 말처럼 대통령이 누구를 어떤 자리에 임명하느냐는 모두의 관심사였다. 이후 전개될 국정 운영의 향방을 가늠할 수 있기 때문이다. 지금까지 대통령들은 오랫동안 정치 역정을 함께해 왔던 측근들을 참모로 기용하는 경우가 많았다. 그래서 역대 대통령들보다 정치 경력이 짧은 편인 이재명 대통령의 인사가 더욱 주목받았는지도 모른다. 그런 점에서 김민석 국무총리와 강훈식 비서실장 인선은 아주 파격적이었다. 국가 운영의 폭을 아주 넓게 가져가겠다는 의지를 표명한 것으로 나는 받아들였다.

능력·충직·소통

실제로 이재명 대통령이 연이어 발표한 인사는 인재풀이 좁을 것이라는 세간의 예측을 가볍게 넘어섰다. '능력과 충직'이라는 인선 기준에다 '소통'을 중시하는 국정 방향, 그리고 정치인·학자·관료 출신들을 두루 기용하는 면모를 보인 것이다.

"견제와 균형, 실용주의 두드러져", "지역 안배까지… 출신 지역, 대학도 골고루"(이상 〈한겨레신문〉)라는 비교적 후한 평가를 받았다.

대통령의 인사가 좋은 평가를 받으면 인사 대상자였던 당사자도 힘이 붙기 마련이다. 특히 대통령이 한쪽으로 치우치지 않고 국정 전반을 넓게 파악하고 멀리 보는 안목을 가진 분이라는 확신은 추동력을 배가시킨다. 이후 6개월 동안 거의 살인적이라 할 만한 강행군에도 견딜 수 있었던 참모들의 맷집은 그렇게 만들어졌다고 생각한다.

용산 대통령실, 남겨둔 게 없었다

출근 첫날, 텅 빈 대통령실

여기까지는 매사를 비교적 낙관하는 내 성격 탓이 컸다. 대통령의 용인술에 믿음이 갔고, 총리와 비서실장과도 손발이 잘 맞을 수 있겠다 생각하니 그럴 수밖에 없었다. 따라서 용산 대통령실의 근무 환경에 대해서는 전혀 고민하지 않았다. 그런데 호기롭게 출근한 첫날부터 그야말로 '맨땅에 헤딩'하는 지경, 패닉 비슷한 경험을 했다.

정무수석실 문을 열었더니 텅 빈 사무실에 대여섯 사람이 전부였다. 정무비서관실에도 고작 서너 명이 있었다. 하긴 대통령실 건물 로비에서도, 엘리베이터에서도, 복도에서도 걸어오는 동안 마주친 사람이 별로 없었다. 한 나라 대통령의 집무 공간이 마치 파장을 맞은 저녁의 시골 장터 같았다. 황망한 건 둘째 치고, 어이가 없었다. 내가 출근한 곳이 대통령실이 맞는지 다시 확인이라도 해 봐야 할 참이었다. 세상에, 이게 대체 무슨 상황이란 말인가.

"에, 그러니까 그게… 지금 막 오는 중이라고 보시면 됩니다. 예, 지금 오는 중이라서요."

이건 또 뭔 소린가. 오는 중이라니? 오늘따라 다들 한꺼번에 늦게 출근하겠다고 작정이라도 했다는 말인가.

"에, 그러니까 그게, 저기… 각 부서별로 다시 인력을 추천받고 있는데 시간이 좀 걸리는 데도 있고….

사무실에 있던 직원의 설명을 듣고서야 이 황망한 사태를 얼추 해석할 수 있었다. 정무수석실에 근무하던 사람들이 대부분 소속 기관으로 복귀해 버렸다는 거였다. 그래서 정권이 바뀐 지금, 부랴부랴 해당 부서에 다시 인력 추천을 요청했단다. 그제야 "지금 오는 중"이라는 설명이 무슨 말인지 알아들었다. 대통령 선거 전에 벌어진 일이었다. 전임 대통령비서실에서 그렇게 조치를 해 버렸으니, 원대 복귀한 공무원들을 탓할 수도 없었다.

국가의 자리를 비워 버린 사람들

사무실 여기저기를 둘러본 뒤 더욱 망연했다. 눈에 들어오는 건 책상과 의자뿐이었다. 자리마다 한 대씩 있었을 데스크톱 컴퓨터도 수가 모자랐고, 그나마도 전부 초기화되어 워드 프로그램 하나도 제대로 쓸 수 없었다. 인터넷도 먹통이었다.

벽에 못질한 자국은 있는데 벽시계는 어디론가 스스로 도망가 버린 모양이었다. 누군가 내던진 것인지 필기구가 여기저기 나뒹굴고 있었고, 아무렇게나 찢은 포장지 밖으로 복사용지가 삐죽 고개를 내밀고 있었다.

'아니, 이렇게까지 깡그리 치워 버렸어야 했나…?'

설명할 수 없는 감정이 밀려왔다. 분노보다 서글픔 같은 것이 차올랐다. 애초에 정상적인 업무 인수인계까지는 바라지도 않았다. 그래도 업무 시스템까지 망가뜨리고 도망치듯 가 버렸을 거라고는 생각지도 못했다. 인터넷망까지 끊어 놓고 갈 필요는 없는 거 아닌가.

나중에 얘기를 들어보니 정무수석실은 그나마 사정이 나은 편이었다. 대통령 집무실에는 진짜 아무것도 없었단다. 강훈식 비서실장 말로는 정말 황량해서 마치 무덤처럼 느껴졌다고 한다. 컴퓨터는커녕 볼펜 한 자루도 보이지 않더라고, 내용은 관두더라도 최소한 국가의 기능을 유지하는 일은 다음 정부에게 넘겨주어야 하는 거 아니냐고….

모르긴 해도 전임 대통령이 파면되고 새 대통령이 선출된 두 달 동안 대통령실에 있던 자료들을 처분하지 않았을까 싶다. 문제가 될 만한 자료들을 최우선으로 인멸시켰을 것이다. 국가가 계속 운영되는지 아닌지보다 자기들에게 조금이라도 피해를 줄 수 있겠다 싶은 건 무조건 없애고, 지우고, 버렸을 터다.

더 큰 문제는 몇 사람이 이렇게 국정의 최고 의사결정에 관여하는 부서 사무실을 무덤처럼 만들 수는 없었을 것이라는 점이다. 어쨌든 3년 동안 축적된 국정 기록을 단기간에 지우려면 상당한 시간과 인력이 필요하다. 대통령실을 무덤처럼 만들기까지, 대선 기간 내내 대통령실은 그 작업이 우선이지 않았을까?

한 달 동안의 맨손 행정

비슷한 상황에서 새 정부의 업무를 시작해야 했던 문재인 정부 초기, 당시 청와대에서 일했던 사람들의 실상은 조금 달랐다고 한다. 그때는 인수인계할 최소한의 인력은 남아 있었다. 부처에서 파견된 공무원들과 행정요원들도 있어서 결제와 보고 등 내부 운영 시스템은 인수인계를 받았다.

이렇게 국가 기능이 일시 정지된 상태에서 이재명 정부는 출발했다. 뒷받침해 줄 행정요원조차 없이 인사 검증을 시작하고, 한미 정상회담 준비를 위해 회의를 소집하고 관세 협상 전략을 만들기 시작한 것이다. 각자 주머니를 털어 사무용품을 구입하고, 개인 카드를 긁어 식권을 구입했다.

시스템을 새로 세팅하고 그나마 정상적인 업무를 보기까지 거의 한 달이 걸렸다.

복사기를 돌리는 비서실장

그래도 할 일은 해내야

우리 대통령실 사정이야 어떻든, 대한민국이 감당해야 할 과제는 폭우로 불어난 강물처럼 밀어닥쳤다. 한미 정상회담, 관세 협상, 경주 APEC(아시아·태평양 경제협력체 정상회의) 준비 등 굵직한 현안들은 막 들어선 정부라고 해서 봐 줄 턱이 없다.

한동안 회의에 들어갈 때마다 새로운 얼굴들이 몇 사람씩 등장했다. 시급한 일을 담당할 사람부터 수시로 투입한 것이다. 최소한의 검증은 거쳐야 해서 그나마도 충원이 더뎠다. 그러니 열 명이 해야 할 일을 한두 명이 감당할 수밖에 없었다. 비서실장이 복사기를 돌리고, 정무수석이 회의 참석자에게 자료를 배포했다.

업무 분장? 일이 생기면 누구와 상의해야 하는지조차 불분명할 때가 많았다. 난감했지만 그렇다고 머리를 싸매고 있을 틈도 없었다. 그러다 보니 누구는 눈의 흰자위 가득 실핏줄이 터지고, 또 누구는 회의 중에 코피가 터지기도 했다. 비서실장은 피곤에 절어 퀭한 얼굴로 언론에 보도되었다. 어느 날은 한 직원이 쓰러져 구급차에 실려 가는 일까지 발생했다. 마치 불어난 강물이 강둑 너머로 넘실대는 듯한 상황이었다. 그야말로 "어쩔 수가 없다"였다.

어쩌겠는가. 과로는 하고 싶다고 해서 계속할 수 있는 게 아니다. 그렇지 않은가?

혼돈 한가운데서 중심을 잡아 준 리더십

그중에서도 가장 힘들었던 건 당시 총무를 담당하던 사람들이었다. 예를 하나 들면, 대통령께서 취임 직후 가장 먼저 가동한 것은 '비상경제 TF'였다. 그런데 지난 정권에서 일하던 사람과 새로 들어온 인력이 뒤섞였다. 처음에는 전문 분야가 조금 다른 이들도 합류했다. 그렇게 TF를 구성해 일부터 시작해 놓고, 관련 전문가가 뒤늦게 합류하기도 했다.

그런 과정이 순탄할 수는 없다. 이런저런 불평이 총무팀으로 몰릴 수밖에 없었다. 사람이 하는 일 가운데 그런 상황을 조율하는 게 가장 진이 빠지는 일이다. 총무팀은 사람도, 시스템도 없는 상태에서 모든 것을 동시에 세워 가야 했다.

대통령의 국정 과제를 실행할 부서조차 이러했으니, 비서실 조직 체계상에 있는 참모실이 어땠을지는 짐작할 수 있을 것이다. 정무수석실 역시 예외는 아니었다. 대외적으로는 각 정당을 찾아 소통의 물꼬를 트는 역할을 했지만, 내부적으로는 문서 하나 제대로 만들기 어려웠다. 개인 컴퓨터조차 인터넷이 연결되지 않아 휴대전화로 뉴스를 확인해야 했다. 모든 수석실이 같은 처지였고, NSC를 포함한 주요 부처 전반이 마찬가지였다. 초기에 투입된 사람들은 근무 시간에는 개인 노트북으로 각종 보고서를 작성하며 업무를 수행하고, 밤에는 업무 시스템을 정상화하는 작업을 별도로 진행했다.

그런 와중에도 중심을 잡고 상황에 맞춰 정확하게 업무를 지시하고, 회의를 주재하고, 직원들을 격려하는 이재명 대통령을 보면서 나는 무척 놀랐다. 아니, 솔직히 말하면 혀를 내둘렀다. 이유는 간단했다. 만약 내가 지금 그 자리에 있었다면 어땠을까, 비교해 보면 금방 답이 나왔다. 나름으로는 산전수전에 공중전까지 경험했다고 자부하는 나도 감탄할 때가 많았다.

4선 국회의원을 하는 동안 두 번 낙선하고, 박근혜 전 대통령 탄핵 국면에서는 원내대표로 오만 가지 협상을 조율하고, 민주당 비대위원장까지 하면서 겪을 건 다 겪었다고 생각하는 내가 그랬다. 이렇게 혼돈 상황에서 당장 국가의 명운이 달린 일들이 줄줄이 닥쳐오는 지경이라면 나라면 어땠을까. 답이 선뜻 나오지 않았다. 그런데 이재명 대통령은 달랐다. 마치 이런 혼돈을 대비라도 한 듯, 북새통처럼 돌아가는 대통령실을 지휘했다.

분노를 삼키며 확인한 차이

　매뉴얼이 사라진 상태에서 집단을, 그것도 한 나라의 국정을 담당하는 특수 집단을 이끄는 것은 생각만큼 쉽지 않다. 당연하게 여겨지던 일이 당연하지 않을 때 사람은 누구나 흔들린다. 감정이 앞서고 원망하는 마음이 생기기 마련이다. 재벌 회장이든, 당대표든, 심지어 대통령도 마찬가지다. 시야가 좁아지고 멀리 세워 둔 목표도 흐릿해진다. 귀가 엷어져서 듣고 싶은 말만 듣고 보고 싶은 것만 보게 된다. 생각을 다듬어서 행동하는 게 아니라, 행동하는 대로 생각하게 되는 거다. 생각이 짧아져서 더욱 내키는 대로 행동한다. 구차한 설명보다 본보기가 있다. 바로 탄핵당했던 전임 대통령이 그랬다.

　옛날 눈 밝고 지혜로웠던 어른들은 치세(治世)의 군주와 난세(亂世)의 군주를 구분했다고 들었다. 그런 기준에서 본다면, 이때 이재명이라는 인물이 대통령의 자리에 오른 것은 정말 신묘(神妙)하다는 생각이 들 정도였다.

　지금 돌아보니 안도의 한숨이라도 쉴 수 있지, 당시에는 화가 치민 적이 한두 번이 아니다. 사무실 기능조차 망가뜨려 놓고 나간 건 진짜 용서가 안 되는 행태였다. 아무리 단순하게 봐도 명백한 업무 방해였기 때문이다.

2장

뭐든 일단 만나야 일이 된다

취임 1주일 만에

바로 만나자고 하세요

대통령비서실 직제상 정무수석비서관은 비서실장의 명을 받아 대통령을 보좌하며 국회 및 정당과의 관계를 조율하고 관리한다. 그래서 갓 임명된 정무수석은 가장 먼저 국회를 구성하고 있는 여야 정당을 찾아 인사를 드리는 것이 관례다.

전임 대통령의 불법 계엄과 탄핵, 파면이라는 정치적 격동기를 거쳐 새 정부가 들어섰으니 첫 정무수석의 역할이 중요했다. 전임 정부의 여야 관계가 대화나 협상보다는 충돌과 갈등을 반복해 온 바람에 더욱 그랬다. 나의 행보에 언론이 주목하는 것도 당연했다. 나는 새 정부의 출범을 알리는 의례적 인사보다, 우리 정치에서 대화가 다시 복원되어야 한다는 대통령의 의지를 전하고 싶었다. 그러려면 대통령이 먼저 자리를 만드는 게 좋았다.

대통령께 대면 보고하는 자리에서 내 생각을 말씀드렸다.

“한번 초대를 해야 할 것 같습니다.”

나는 꽤 조심스럽게 입을 뗐는데, 이재명 대통령은 평소처럼 시원시원하게 답했다.

“시간 되실 때 바로 만나자고 하세요.”

“어, 진짜 바로 보자고 전해도 되겠습니까?”

당장 손님을 초대할 사정이 아니어서 다시 여쭈었다. ‘무덤 같은’ 처지에서는 겨우 벗어나고 있었지만, 대통령께서 집무를 시작한 지 채 일주일도 되지 않았고, 업무 체계가 안정되려면 시간이 더 필요했기 때문이다.

“앞으로는 제가 야당하고도 충분히 대화하면서 가려고 하니까, 가서서 그렇게 제안하세요.”

대통령실에는 여야 지도부 회동보다 더 시급한 일이 산적해 있었다. 당장 트럼프 행정부와의 관세 협상이 발등에 떨어진 불이었다. 전임 대통령의 계엄과 탄핵, 파면과 대선으로 이어지는 우리의 긴박한 상황을 보면서도 그들은 수시로 엄포를 놓고 불안을 자극했다. 동맹을 넘어 ‘혈맹(血盟)’이라더니, 언제부터 피가 그렇게 묽어졌나 싶었다.

6월 10일

대통령께서 괜찮다는데, 내가 토를 달 수는 없다. 정무수석실로 돌아와서 여야 당대표를 예방하는 일정을 잡도록 지시했다. 어쨌든 여야 지도부를 만나기 전에 든든한 선물 하나는 챙긴 셈이다. 여의도로 가는 발걸음이 가벼웠다.

내가 정무수석이라는 직책으로 처음 각 당의 지도부를 찾아 인사를 시작한 게 6월 10일부터였다. 개인적으로 이 숫자가 주는 의미가 깊었다. 38년 전 이날은 전두환 군사 독재 정권을 뒤엎는 6월 항쟁의 시작이었다. 또 그 전날에는 이한열 열사가 세브란스 중환자실에서 의식을 잃고 사경을 헤매던 날이기도 했다. 그날 밤 연세대 세브란스병원에서 이한열의 생사를 장담할 수 없다던 의사의 소견을 듣고, 총학생회장이었던 내가 그의 가족들에게 전화하던 기억이 생생하다.

이재명 정부가 출범한 지 일주일, 나라 안팎으로 위기가 고조되던 때여서 엄중하기로는 1987년 6·10대회(박종철 고문 살인 은폐·조작 규탄 및 민주 헌법 쟁취 범국민대회) 당시와 다를 바가 없다고 느꼈다. 그래서 6월 10일, 오늘 각 당의 지도부를 찾아 예를 갖추는 일이 그 엄중함의 10분의 1이라도 덜어 내는 계기가 되길 바랐다. 공식적으로 인선이 발표된 게 6월 8일이었으니, 임명된 지 이틀 만이었다.

예방이라는 이름의 첫 대화

예방(禮訪)은 예를 갖추는 의미로 인사차 방문한다는 뜻이다. 대통령의 말과 뜻을 대신 전하는 일이라 몸가짐에 신경이 쓰였다. 먼저 여당인 더불어민주당 대표실을 찾았다. 정무수석으로 임명되면서 당적은 잠시 버렸지만, 오래 몸담았던 곳이라 입가에 저절로 웃음이 걸렸다. 이재명 당대표가 대통령에 당선되고 아직 비대위 체제여서 박찬대 비대위원장을 거의 부둥켜안다시피 하며 인사를 나눴다.

"대통령실은 좀 어때요?"

언론에 공개되는 의전 절차가 지나고 방송 카메라와 기자들이 자리를 비켜 주자 박 대표가 먼저 걱정부터 했다. 대통령실 사정이 어떤지 꽤 알려진 탓이었다.

"아이고, 아직 엉망이에요. 그래도 어쩔 수 없죠. 하나씩 차근차근 해 나가는 수밖에요."

솔직하게 상황을 전했다. 다들 표정이 심각했다. 전쟁 같은 대선에서 승리한 여당이 축하 인사를 나누기보다 나랏일부터 먼저 걱정하고 응원하는 분위기였다. 나는 가능하면 빨리 여야가 만나는 자리를 마련하겠다는 대통령의 말씀을 전했다. 너무 빠르지 않겠느냐는 염려도 있었지만 흔쾌히 호응했다.

"당에서도 다들 걱정하고 있습니다. 필요한 게 있으면 언제든 말씀해 주세요."

이심전심이라, 친정을 찾는 새아씨 마음이 이럴까 싶었다.

한결 마음이 가벼워져서 국민의힘 당대표실로 향했다.

"어서 오세요. 고생이 많으시죠?"

김용태 비대위원장이 웃으며 반갑게 맞았다. 축하한다, 잘해 보겠다, 국정이 잘 운영되도록 돕겠지만 야당으로서 비판할 건 비판하겠다 등등의 덕담을 나누고는 곧 비공개로 면담을 이어 갔다.

"조금 전에도 말했지만 대통령께서 정무수석 인선은 정말 잘하셨습니다. 지금 시기에 우 수석님만 한 적임자가 없을 거예요. 우리하고 대화가 될 만한 분이 오셔서 정말 다행입니다."

"고맙습니다. 제가 열심히 하겠습니다. 잘 부탁드립니다."

"야당 사정도 잘 살펴 주세요. 우리하고 대통령 사이에 가교 역할도 잘해 주실 거라 믿겠습니다."

분위기는 생각했던 것 이상으로 좋았다. 특히 정권이 바뀌고서 처음 방문한 자리였다. 정치인의 언어는 매우 다층적이다. 때와 상황에 따라 같은 말이라도 조금씩 다르게 표현한다. 민주당에서 꽤 오랫동안 대변인을 하며 정치 언어를 골랐던 나로서는 '적임자'라는 표현이 더 크게 들렸다. 축하한다는 말은 무난하지만 아무래도 밋밋하다. 의례적인 화답보다 '평가'가 담긴 '적임자'라는 말에 더 무게가 실렸다고 생각했다.

잠시 뜸을 들이고는 내가 보따리를 풀었다.

"대통령께서는 가능하면 빨리 만나자고 하십니다."

"……."

대화와 타협의 정치 문화를 향한 꿈

문득 대화가 끊겼다. 대통령이 전하는 메시지의 의미를 파악하느라 주위가 잠시 조용해졌다. 신임 대통령이 야당 대표에게 먼저 만나자고 제안하는 것은 일종의 관례이기도 했다.

야당이라면 대통령을 직접 만날 수 있는 기회여서 당연히 환영할 일이었다. 그 잠시의 침묵이 가진 함의(含意)를 짐작했다. 부연 설명이 필요할 것 같았다.

이재명 대통령의 메시지는 액면 그대로 이해하시면 된다고 설명했다. 당선 소감에서도 민주당의 대통령이 아니라 모두의 대통령이 되겠다고 말씀하셨고, 진심으로 통합을 국정의 최우선 순위로 생각하신다는 점을 강조했다. 그래서 다른 중대한 현안들이 많지만, 먼저 야당과 만나시려는 것이라고 덧붙였다.

대통령의 뜻을 잘 알겠다는 대답을 듣고, 다시 한번 잘 부탁드린다는 인사를 남기고 자리를 떠났다. 그때만 해도 국민의힘 지도부는 대통령의 초대를 의례적인 인사쯤으로 받아들였던 것 같다. 하긴 출범한 지 일주일밖에 안 되었고, 대통령실 내부 사정이 어떤지 그분들도 알고 있었을 테니 그럴 만도 했을 것이다.

다음 날은 다른 야당들을 차례로 예방했다. 조국혁신당, 개혁신당, 진보당, 기본소득당, 그리고 정의당을 뿌리로 한 사회민주당도 찾았다. 다들 익히 면식이 있었고, 방송 패널로 자주 만났던 분들도 있었다.

대선 때 민주당과 연대했던 진보적 야당들과는 막역했다. 선거 승리의 공을 그분들께 돌리며 깊이 감사를 전했다. 공동 정권이라 생각하시고 하실 말씀이 있으면 언제든 전화 주시라고 말씀드렸다. 또 그분들이 선거 때 했던 약속을 잘 지켜 달라, 대화의 통로를 잘 열어 달라는 부탁도 무겁게 받아들였다.
의례적인 덕담일 수도 있지만, 새 정권의 첫 정무수석에 대한
평가도 좋았고 기대감도 컸다.

첫 예방에 환대해 준 각 당의 지도부에게 고맙다는 말이 저
절로 나왔다. 어떻게든 대화와 타협의 정치 문화를 복원하고
싶었다.

보기에 좋았더라

속도로 보여 준 통합 행보

여야 지도부와 이재명 대통령의 첫 만남은 6월 22일 한남동 관저에서 열렸다. 대통령의 메시지를 전달하고서 열하루 만이었다. 그동안 민주당은 새 원내대표를 선출했고(6월 13일), 사흘 뒤에 국민의힘도 신임 원내대표를 선출했다. 대통령은 6월 16일부터 2박 3일 일정으로 캐나다에서 열렸던 G7 회의에 참석한 뒤 귀국했다.

새 대통령이 취임 18일 만에 여야 지도부를 초청해 대화의 자리를 마련한 것은 통합의 행보라는 점에서 의미가 컸다. 미국의 관세 압박, 내란 특검의 수사 개시 등 나라 안팎으로 위기가 닥치는 시기여서 더 돋보였다. 국정의 최우선 순위가 통합이며, 이를 위해서는 여야가 대화를 복원하는 일이 중요하다는 신호를 보낸 것이다. 언론의 평가도 좋았다. 전임 대통령이 취임 후 720일이나 지나서야 야당 대표와 처음 만났던 것과 크게 비교되었다.

강훈식 비서실장이 각 당 지도부에 직접 전화를 걸어 초청하는 모양을 갖추었다. 실무는 정무수석실에서 진행했는데, 대통령의 재가를 얻어 날짜까지 잡아 제안하자 국민의힘에서는 좀 놀란 듯했다. '어, 빨리 보자는 얘기가 진짜였네?' 하는 느낌이었다. 대통령께서 G7 회의를 마치고 18일(수요일) 밤늦게 귀국한 뒤, 주말인 일요일에 곧장 오찬을 같이 하는 것으로 일정을 잡았기 때문이었다.

국민들께서 보시기에 좋았다

이날 더불어민주당에서는 신임 김병기 원내대표 겸 당대표 직무대행이, 국민의힘에서는 김용태 비상대책위원장과 신임 송언석 원내대표가 참석했다. 대통령실에서는 강훈식 비서실장과 정무수석인 내가 배석했다.

국민의힘은 야당답게 주요 현안들에 대해 우려가 담긴 비판을 내놓았으나, 전반적인 분위기는 부드러웠다. 당시 송언석 원내대표가 이재명 정부의 성공을 바란다는 메시지와 함께, 쓴소리를 하더라도 좋은 약처럼 들어 달라며 대화의 분위기를 만들었던 것으로 기억한다. 비공개로 진행된 오찬과 후식 시간, 그리고 헤어질 때까지 간간이 웃음소리가 이어졌다.

첫 만남은 무척 좋았다. 우선 대통령이 얘기하는 스타일이 이전 대통령들과는 무척 달랐다. 곤란한 질문에도 에두르지 않고 성심성의껏 답했다. 모호한 정치적 언어는 피하고, 일상의 언어와 말투로 솔직하게 표현했다. 평소의 소탈한 성격 그대로 대화를 이끌었는데, 옆에서 지켜보니 말을 꾸미지 않는 점이 참 좋았다.

이날의 만남은 매우 중요했다. 이재명 대통령에 대해 가졌던 '강성 정치인' 이미지가 불식되는 출발점이 되었기 때문이다. 무엇보다 생각이 다른 정치인들과 대화하려는 노력이 잘 드러났다. '대화를 해 볼 수 있겠다'는 국민의힘 관계자들의 후일담도 들려왔다.

그리고 열흘쯤 뒤에 이재명 대통령은 비교섭단체 5당의 지도부도 당시 한남동 관저로 초청했다. "조금 더 일찍 봤으면 좋았을 텐데"라며 분위기를 이끌었고, "대화의 통로를 잘 열겠다"면서 소수 야당에 대해서도 세심하게 배려하는 모습이 인상적이었다.

물론 여야 지도부와 밥 한 끼를 같이했다고 해서 오랫동안 깊었던 갈등의 골이 금방 해소될 리는 없다. 국민 통합이라는 대통령의 책무를 진정성 있게 펼쳐 나가야 하는 과제는 여전히 남아 있다. 그래도 첫 만남에서는 '국민들이 보기에 좋았다'는 평가가 중요했다. 그래야 '대화의 복원'이라는 기획에 탄력이 붙는 것이다.

이재명 대통령은 통합을 위해서는 먼저 정치권부터 대화에 나서야 한다는 생각이 확고했다. 지난 정권 3년 내내 갖은 정치적 탄압을 견뎌 온 정치인으로서는 쉽지 않은 결심일 것이다. 그러나 바로 곁에서 말과 생각을 나누었던 정무수석이 보았을 때, 그런 대통령의 생각은 '진짜'였다. 더불어민주당의 정청래 대표와 국민의힘 장동혁 대표를 초청했을 때도, 그 이후에도 그 생각은 흔들리지 않았다.

악수와 독대, 그리고 대통령 특유의 넉살

대통령과 여야 대표의 두 번째 회동은 9월 8일에 열렸다. 거대 양당이 새로운 지도부를 구성하는 전당대회가 8월에 몰려 있었기 때문이다. 더불어민주당은 8월 2일 전당대회를 통해 정청래 당대표를 선출했다. 국민의힘은 장동혁 의원이 새 대표에 당선되었다(8월 26일). 정해진 절차에 따라 새로운 지도부가 공식 출범한 것이다. 이전에 양당 지도부는 원내대표 혹은 비상대책위원장이 당대표 역할을 담당했던 일종의 대행 체제였다. 그래서 두 번째 만남이 아주 중요했다.

2차 회동을 준비하면서 두 개의 난관이 있었다. 첫째는 민주당 정청래 대표가 선출되자마자 "국민의힘과는 악수하지 않겠다"고 선포해 버린 것이었다. 둘째는 국민의힘 장동혁 대표가 대통령과의 일대일 면담을 회동의 전제 조건으로 앞세운 것이었다.

'악수'는 좀 난감한 문제였다. 집권여당의 당대표가 양당 관

계를 규정한 발언이었기 때문이다. 또 야당 대표의 '독대 요구'
는 예민한 문제였다. 다수 의석을 차지하고 있는 여당을 불편
하게 할 수도 있었다. 그럴 의도가 없었더라도 자칫 대통령을
배출했다는 자존심을 건드릴 가능성이 있었다.

"제가 잘할 테니 너무 걱정하지 마세요."

회동을 앞두고 우려되는 부분을 보고했는데, 이번에도 대
통령의 대답은 시원시원했다. 당시에는 미국과의 관세 협상에
전력을 기울이고 있을 때였다. 트럼프 정부의 압박과 어깃장
은 상상을 초월했다. 협상을 진행하는 각료와 참모들이 혀를
내둘렀다. 트럼프 정부의 요구와 태도에 대해 일부 언론은 '강
도질'과 다름없다는 평을 내놓기도 했다. 게다가 2차 회동 직
전에는 미국 수사 당국이 현대자동차 공장의 근로자 300여 명
을 구금하는 상황이 발생했다. 한미 동맹 사상 초유의 사태가
벌어진 것이다.

이재명 정부 출범 이래 하루도 바람 잘 날 없었던 와중이어
서 대통령과 여야 대표들의 회동은 낙관보다는 우려가 클 수
밖에 없었다. 게다가 양당의 두 대표 모두 '강성(?)'이어서 나
도 적잖게 신경이 쓰였다. 그러나 그날 첫 대면에서 모두가 예
상하지 못한 사고(?)가 터지는 바람에 내 염려는 휘날리는 먼
지처럼 사라졌다. 대통령께서 두 대표의 손을 맞잡게 하고서
카메라 앞에 선 것이다. 이재명 대통령 특유의 넉살이 빛나는
장면이었다.

다소 어색해하던 두 지도자도 그렇게 언론의 카메라 플래시가 터지자 금세 순발력을 발휘했다. 세 분이 나란히 환하게 웃는 사진이 만들어졌다. 그 사진 한 장이야말로 그날 회동의 상징이었다.

이후 그날의 회동은 물 흐르듯 자연스러웠다. 공식 오찬이 끝난 뒤 장동혁 대표와의 단독 회동도 무난하게 마쳤다. 제1야당 대표와 처음으로 가진 단독 만남이었다. 국민의힘의 요청을 전적으로 수용함으로써 대화 정치의 복원과 통합에 조금이라도 보탬이 되려는 대통령의 진정성이 돋보였다.

언론도 그런 노력을 높이 평가했고, 무엇보다 '보기에 좋았다'는 국민들의 응원과 격려가 컸다. 안 그래도 나라 안팎으로 불길한 뉴스와 흉흉한 전망들이 많았을 때여서 이날 회동은 더 의미가 있었다. 텁텁한 한여름에 모처럼 한 줄기 시원한 바람이 대통령실을 휘돌았던 셈이다.

있는 그대로

새 정부의 첫 정무수석으로서 집권 초기의 첫 임무가 비교적 성공적이었다는 칭찬을 들었다. 그런데 그런 평가를 넘어나는 정치권, 특히 국민의힘을 비롯한 보수 진영이 이재명 대통령의 진정성을 알아 주기를 바랐다. 대통령이 되기 이전과 이후가 비교하기 힘들 정도로 달라진 대통령의 생각과 행동을 있는 그대로 봐 주기를 기대했다. 지난 몇 년 동안 켜켜이 쌓인 오해와 의심 때문에 쉽지 않을 것이다. 그래도 새 정부 집권 이후 이재명 대통령이 보여 준 행보에서 변화를 감지하는 것은 어렵지 않다.

먼저, 세 차례에 걸친 여야 지도부와의 회동에서 단 한 번도 지난 일들을 꺼내지 않았다. 공개든 비공개든 지난날 자신이 감내했던 정치적 상처에 대해 일체 감정을 드러낸 적이 없었다. 국민의힘을 제외한 다른 야당 지도부와의 비공개 회동에서도 그랬다. 상대방이 불편해할 이야기는 아예 꺼내지 않았다. 그냥 지나가는 말로라도 힘들었다거나 서운했다는 뉘앙스조차 비친 적이 없었다.

둘째, 아주 솔직하게 생각들을 이야기했다. 모르는 것은 모른다고 했고, 협조가 필요한 일은 머리까지 숙여 가며 도와 달라고 부탁했다. 특히 관세 협상의 어려움을 솔직하게 토로하는 모습을 보고 나도 깜짝 놀랐다. 야당과 반대 진영을 정치적 파트너로 인정하지 않고서는 불가능한 일이었다. 대통령보다 훨씬 다양한 정치 경력을 가진 내가 그 맥락을 놓칠 리가 없다.

셋째, 대통령이 자신을 먼저 낮추며 대화의 물꼬를 트는 모습에서 그 진정성의 일면을 읽을 수 있었다. 자주 만나서 국정을 상의드리겠다, 어떤 선입견도 없이 기탄없이 말씀해 주시라, 이렇게 말하기가 정말 쉽지 않아서다. 그렇게 대화의 물꼬가 열렸으니 (여기서 다 밝힐 수는 없지만), 야당도 굳었던 어깨를 다소 펴고 민원성 부탁도 할 수 있었다. 서로 언쟁이 벌어졌다면 그런 분위기는 불가능하다.

　겨우내 꽝꽝 얼었던 저수지의 얼음이 봄 햇살이 조금 비쳤다고 금방 녹지는 않을 것이다. 봄기운이 더 무르익을 때까지 기다려야 한다. 이제 막 켜진 작은 불씨를 잘 키우는 일이 내 앞에 남았다.

양면적 감정이라는 장벽

　직업상(?) 보수 진영에 계신 분들과 자주 대화하고 만나는 편이다. 국민의힘 정치인들이나 관계자들의 이야기를 종합해 보면, 이재명 대통령에 대해 일종의 양면적 감정이 있다는 느낌을 받을 때가 많았다.

　먼저, 선입견이다. 전임 정권에 의해 지독하게 정치적 고초를 겪었으니 어떤 형태로든 반드시 보복할 것이라는 피해의식이 강한 편이다. 이재명 대통령이 겉으로는 사람 좋게 웃어도 가슴 깊숙이 복수의 칼날을 갈고 있을 것이라는 막연한 의심, 혹은 두려움 같은 게 크다.

　둘째, 일은 잘한다는 평가다. 김밥으로 점심을 하며 4시간 가까이 이어진 첫 국무회의, 생중계로 공개된 회의와 업무 보고, 적극적인 기자회견을 지켜보며 적지 않은 보수 인사들이 고개를 끄덕였다. 흥미로운 점은 내가 만난 누구도 파면된 전임 대통령과 이재명 대통령을 같은 선상에 놓고 비교하지 않았다는 사실이다.

　문제는 이 양면적 감정이 깊을수록 솔직하게 대화하기가 어렵다는 점이다. 야당과의 대화가 겉돌면 힘들어지는 대표적인 사람이 정무수석이다. 정당 간에는 법안이나 상임위 등 국회 운영과 깊이 연관되어 있으니, 협상이든 대화든 어떤 식으로든 만나서 이야기해야 할 의제들이 있다. 반면 대통령실과 야당은 큰 의제가 없더라도 수시로 통로를 열어 두어야 하는데, 서로 신뢰가 형성되지 않으면 작은 이야기라도 나누기 어렵기 때문이다.

　사실 이재명 대통령만큼 어렵게 대통령의 자리에 오른 사람은 드물다. 전임 정권 내내 '정치 검찰' 수사의 피해자였다. 압수수색을 수백 번 당하고 피의자 신분으로 재판받으면서 선거를 치렀다. 그런 고초를 겪고 권력의 정점에 오른 사람이기 때문에, 복수 심리가 그 누구보다 강할 것이라고 지레짐작할 수는 있다.

　그러나 내가 지켜본 대통령은 그럴 생각도 없을뿐더러 그런 궁리를 할 시간조차 없었다. 우선 대통령이라는 자리는 끊임없이 읽어야 한다. 각 부처와 수석실에서 올라오는 보고서가 많을 때는 하루에도 몇 짐이나 된다. 그 보고서를 다 보고 상당 부분을 대통령이 결정해야 한다. 읽지 않으면 판단은 늦어지고, 판단이 늦어지면 국정 전체의 속도가 처진다. 그래서 대통령의 업무는 결국 '얼마나 많이, 얼마나 빨리 읽고 결정하느냐'로 수렴된다.

‘워커홀릭’인 이재명 대통령은 보고서를 남기지 않는다. 낮에 다 보지 못한 자료는 집에 가서 다시 확인하고, 텔레그램으로 들어오는 제보나 정보까지도 직접 챙긴다. 끊임없이 정보를 취득하려고 노력하는 것이다. 또 당신이 유의미한 정보라고 판단하면 곧장 실장, 수석들에게 공유한다. 검토할 만한 가치가 있는지 의견을 달라는 것이다. 그러고는 때와 장소에 상관없이 그 의견을 듣는다. 이 ‘극한 직업’을 견디는 것은 노력밖에 없다.

그런데도 보수 진영 일부에서 이재명 대통령에 대한 선입견을 더 강조하는 것은 우려스럽다. 막연한 피해의식을 특정 정치 세력의 정치적 동력으로 삼으려는 의도도 느껴진다. 상대방의 속내가 어떤지는 만나서 이야기하면 웬만큼 확인할 수 있다. 보통의 사람들은 다들 그렇게 한다.

과거 야당은 비판하면서도 한편으로는 대화의 끈을 놓지 않았다. 그러나 막무가내로 “이재명을 끌어내려야 한다”며 선동하는 방식은 아니었다. 평소에는 친절하고 합리적인 사람들이 장외 집회만 나가면 격렬해지는 것도 대통령에 대한 불안한 의심의 결과가 아닐까 염려되는 것이다. 〈불안은 영혼을 잠식한다〉라는 영화도 있으니 하는 말이다.

'이재명식 실용주의', 이해와 오해

핵심은 속도

새 정부 출범 이후, 이재명 대통령의 국정 운영 철학을 '실용주의'로 알고 있는 분들이 많다. 내각과 참모진 인사에서도 그렇고, 특히 미국과의 관세 협상에서도 그런 면모가 잘 드러났기 때문이다. 전 정부에서 임명한 각료를 유임시키는가 하면, 혈맹인 미국의 일방적인 요구에도 순순히 양보하거나 끌려다니지 않았다. 협상은 매번 결렬됐고, 우리 협상단은 자주 공격적으로 대응했다. 저러다 판이 깨지지 않을까 싶은 아슬아슬한 장면도 적지 않았다. 한미 간에 일찍이 보지 못했던 장면들이었다. 그러면서도 우리가 끝까지 지켜야 할 것들은 지켜 냈다. "선방(善防)했다"는 평가 뒤에는 기업인, 관료, 전문가, 정치인 출신의 스태프들이 역할을 분담하고 시너지를 내도록 조율한 리더십이 크게 작용했다.

그런데 이재명 대통령의 실용주의를 탕평(蕩平)이나 흑묘

백묘론(黑猫白猫論) 정도로 판단하면, 정작 중요한 요소를 놓칠 수 있다. 정무수석으로 일하면서 내가 겪은 이재명 대통령 실용주의의 핵심은 '속도'였다. 그리고 대통령의 속도를 따라잡으려면, 함께 일하는 사람들 역시 '추진력'을 갖춰야 했다. 김민석 총리가 총리 후보자 시절에 제시한 인사 원칙의 세 가지 기준, 즉 '충직함', '유능함(능력)', 그리고 '통합과 다양성'이 그것이다. 그렇다면 속도와 인선의 세 가지 기준은 왜 깊은 관련이 있을까. 아니, 그보다 먼저 왜 '속도'가 이재명식 실용주의의 핵심 키워드일까.

국민이 편하려면

국무회의나 부처 업무보고 등이 생중계되면서 많은 분들이 보셨겠지만, 이재명 대통령은 한번 지시하면 반드시 점검한다. 사안에 따라서 사나흘이 될 수도 있고 1~2주 정도 걸리기도 하는데, 한 번도 그냥 넘어간 적이 없었다. "그건 어떻게 됐습니까?"라는 대통령의 질문을 피해 갈 수가 없는 거다. 때문에 대통령의 지시를 받는 순간부터 단순한 업무 착수가 아니라, 성과를 내기 위한 준비가 시작된다.

대통령은 성남시장과 경기도지사를 역임하면서 행정의 효능을 일찍 체득하신 분이다. 성과를 내기 위해서는 어느 정도의 속도와 얼마의 시간이 필요한지도 감지한다. 대통령과 수석이 끝까지 관심을 가지고, 장관과 담당 공무원들이 계속 점검하고 최선을 다해서 일을 끌고 갔을 때 성과가 나온다는 경험칙이 크게 작용하는 것이다. 지방행정이든 국정이든 성과는 저절로 익어서 떨어지는 열매가 아니라는 것. 현장의 경험에서 체득한 것보다 더 실용적인 게 또 어디 있을까?

문제는 그 속도를 따라잡는 게 생각만큼 간단하지 않다는 거다. 대통령의 지시는 한 문장으로 요약할 수 있지만, 문제점과 대안과 향후 추진 방향은 한 문장으로 불가능하다. 게다가 답변하는 과정에서 질의응답이 필수적이라 수석과 각료들은 담당 실무자 이상으로 현안의 이해와 분석이 필요하다. 그러니 정말 힘들다. 이럴 때, 대통령이 종종 하시는 말씀이 있다. "공직자가 힘들어야 국민이 편하다."

나는 이 한마디에, 앞에서 언급한 인사의 3가지 기준 중에서 '충직함'과 '유능함'이 연결되는 것으로 생각한다. 이때 충직함은 대통령에 대한 충성심이 아니다. 국민과 국가에 대한 충직함이다. 국민의 삶에 도움이 되는 일인데, 힘들다고 다음으로 미룰 수는 없지 않은가. 또 행정적·정책적 역량이 뛰어나면 '속도'에 적응하기 쉽고 실질적인 성과를 내는 데도 유리하다. 그래서 '충직함'과 '유능함'이야말로 이재명 대통령의 '속도'를 따라잡는 추진력이 되는 것이다.

이처럼 '속도'라는 바탕 위에서 탕평 또는 흑묘백묘론이 성립한다. 충직과 능력이 전제된 다음에 출신 지역, 성별, 세대 등을 고려한 통합형 인사를 시행한다는 거다. 기준은 '국민의 삶에 도움이 되는 것'이다. "국민에게 도움이 되는 일이면 하자"가 판단의 출발점이 된다. 설사 기존에 생각해온 방향과 다르더라도 필요하면 그렇게 해야 한다는 것이다.

실용의 해석이 갈라지는 지점

이재명 대통령의 실용주의에 대해 나는 나름대로 이렇게 정리한다. 그런데 이 실용주의를 막상 구체적인 현실에 적용하면, 이해관계자에 따라 입장 차이가 커지기도 한다. 사안에 따라 개혁과 실용에 대한 해석이 달라지는 것처럼 말이다.

곁에서 지켜본 이재명 대통령은 상당히 개혁적이면서도 사고가 유연한 분이다. 진보적 방향성과 개혁 의지는 분명하지만, 국민은 노선의 정당성만으로 만족하지 않는다는 인식이 깔려 있다. 필요하다면 '우회로'를 따라가는 것 역시 얼마든지 개혁적일 수 있다고 생각한다. 바로 이 지점에서 대통령실과 더불어민주당 간의 이견이, 때로는 마찰이나 갈등처럼 비쳐지기도 했다.

"당에서 왜 그렇게 해요?"

같은 방향, 다른 속도

개혁은 어렵다고들 한다. 특히 보수와 진보라는 두 정치 진영이 대립하는 정치 환경에서는 더욱 그렇다. 과거에도 개혁의 방향과 범위를 두고 생각의 차이는 엄청나게 컸다. 여기에 '실용'이나 '합리적'이라는 전제까지 붙으면, 개혁의 방향이나 속도를 둘러싸고 각 진영 내부에서조차 논란이 커진다. 개혁은 진보적이고, 실용은 현실 타협적인 태도처럼 여겨지기 때문이다. 검찰 개혁이나 사법 개혁이라는 중차대한 개혁 과제를 둘러싼 논란 역시, 축약해 보면 '실용'에 대한 인식의 차이로 볼 수 있다.

집권 여당인 더불어민주당의 결정은 이재명 대통령에게도 큰 관심사다. 국정의 큰 그림이 대부분 법과 제도를 바탕으로 추진되기 때문이다. 그래서 대통령은 자주 정무수석을 불러 자초지종을 묻는다. 정치의 영역에서 대부분의 결정에는 잘 드러나지 않는 맥락이 있기 마련이다. 그 맥락을 설명하고 대통령의 이해를 돕는 것이 정무수석의 주된 임무이기도 하다.

"당에서 결정을 왜 그렇게 했대요?"

대통령의 이 물음도 그 연장선에 있었다. 궁금한 점을 알고 싶어 그러신 것이다. 사실 대통령께서는 개혁의 방향이 같더라도, 추진 과정에 대해서는 답답한 속내를 내비친 적이 여러 번 있었다. 대통령의 참모로서 내가 그런 취지를 공개적으로 전한 것은 민주당이 사법 개혁을 추진하던 과정에서였다. 내란 재판부 도입 문제를 두고 정치권이 첨예하게 대립하던 때였다.

그런데 검찰청 폐지를 골자로 한 정부조직법 개정안을 다룰 때에도 대통령의 의중은 여러 경로를 통해 표현되곤 했다. 당시에도 대통령과 민주당 지도부 사이에는 검찰청 폐지와 후속 입법을 둘러싼 초점에 미묘한 차이가 있었다. 검찰의 수사권을 다른 기구를 설립해 전부 넘기고, 공소와 수사를 담당하는 역할로 축소한다는 개혁 방향은 같았지만, '속도'의 문제는 여전히 논란의 대상이었다. 그러다 보니 정치권이 예민하게 반응할 수밖에 없었고, 정무수석인 나는 논란의 중심에 놓이고 말았다. 대통령의 의중을 둘러싼 '해석'이 분분했다.

'국민 눈높이'라는 기준

정치에서 이런 식의 '해석'을 둘러싼 문제는 어렵고 불편한 경우가 많다. 메시지의 취지와 맥락을 다시 강조하다 보면 논란은 꼬리에 꼬리를 문다. 혹시나 하는 의심이 억측을 낳고, 억측이 쌓여 '가상의 사실'이 만들어진다. 나름 오랜 정치 경험을 통해서도 그런 경우를 수없이 겪었다. 이럴 때는 말보다 사태 해결의 지점을 정확히 짚는 것이 필요하다. 검찰 개혁에 대한 방향에서는 대통령실과 민주당 사이에 큰 차이가 없었다. 문제는 속도였는데, 그 기준이 서로 달랐다. 대통령실의 기준은 '국민 눈높이'였다.

이재명 대통령은 개혁가이자 동시에 실용가다. 더 나은 변화를 추구하면서도, 구체적이고 현실적인 조건을 늘 함께 고려한다는 의미다. 따라서 '실용주의'의 관점에서 보자면, '유능한 개혁'이란 현실적인 제약을 충분히 받아 안으면서도 개혁의 목표를 일관되게 추진하는 것을 뜻한다. 이 경우에는 속도보다 '완성도'가 더 우선일 수밖에 없다. '검찰 개혁'이라는 과제를 풀기 위해 나는 '속도'와 '완성도' 사이에서 논란을 종결할 수 있는 단서를 찾기로 했다.

정청래 대표는 2025년 추석 전에 검찰 해체를 공언해 왔다. 국민은 검찰 개혁에 대체로 동의하면서도, 수사권을 전담하게 될 경찰의 능력에 대해서는 미심쩍어했다. '국민 눈높이'를 기준으로 삼으면, 대략적인 그림을 그릴 수 있었다. 검찰 해체를 공식적으로 약속해 속도를 높이고, 이후 수사권 강화 등의 후속 입법은 충분한 시간을 들여 완성도를 높이는 그림이었다.

속도와 완성도를 잇는 해법

정무수석실은 중재안 마련에 들어갔다. 먼저 정부조직법에 '검찰 해체'를 명시하는 작업이었다. 현재의 검찰을 분리해 공소와 기소를 담당하는 기구, 즉 공소청을 만들기로 했다. 그렇게 되면 기존의 검찰은 해체되는 셈이다. 아울러 1년의 유예 기간을 두고, 검찰의 기존 수사 인력을 재배치해 행정안전부 산하 중대범죄수사청으로 옮기고, 경찰의 수사권을 보완·강화하는 후속 입법을 추진하기로 했다. 이는 '완성도'를 높이기 위한 작업이었다.

이 중재안을 대통령께 보고하고 재가를 얻은 뒤, 정청래 대표를 만나 그 내용을 설명했다. 두 분 모두 흔쾌히 동의해 주었다. 그리고 이 내용은 삼청동 총리 공관에서 열린 고위 당정 협의회를 통해 공식화되었다. 정 대표는 검찰 해체라는 '추석 선물'을 마련했고, 정부는 보다 충분한 논의와 제도 정비를 위한 시간을 번 셈이었다. 자칫하면 당과 정부 사이의 논란이 길어질 수 있었던 사안이었다. 만약 이견을 조정하지 못해 여러 말이 쏟아지고, 정치권의 호사가들이 논란을 확대시키는 방향으로 흘러갔다면, 그 파장은 상상하기조차 어려웠을 것이다.

검찰청 폐지를 비롯한 정부조직법 개정안이 본회의를 통과한 뒤, 주말을 지나 대통령은 민주당 지도부를 만찬에 초청했다. 대통령이 국정을 운영하기 위한 정부조직 개편을 여당이 주도해 통과시킨 데 대해 격려하고, 당정 간 협력을 재확인하는 자리였다. 정청래 대표는 "검찰 해체는 거스를 수 없는 시대적 요구"임을 강조했고, 이재명 대통령은 "권력기관 개혁의 완성은 국민의 신뢰를 얻는 것"이라며 철저한 준비를 당부했다.

정무의 책임

검찰 개혁에 대한 대통령실과 민주당의 입장을 조율한 뒤, 언론과의 인터뷰를 통해 사법 개혁에 대한 대통령의 의중을 공개했다. 요지는 아무리 정당한 개혁이라도 국민 눈높이에 맞는 방법으로 추진해야 한다는 것이었다. 국민이 보기에 복수하거나 보복하는 것처럼 비치면, 개혁의 동력이 떨어지기 때문이다. 정의로우면서도 지혜로운 방법을 찾으려 노력해야 한다는 의미였다.

대통령실의 참모는 대통령의 뜻을 자신의 직무 범위 안에서 관철하는 것이 중요하다. 욕을 좀 먹더라도, 분명히 해야 할 필요가 있다면 강하게 어필해야 한다. 대통령실의 정무 파트는 일종의 리스크 테이킹(risk-taking), 즉 위험 감수의 역할이 중요하기 때문이다. 어떤 정치적 상황이 발생할 가능성이 있는지, 또 정치적 부담이 어떻게 돌아올 수 있는지를 예측해 보고하고, 과거의 사례를 참고하기도 한다. 정치적 리스크를 최소화하기 위해 할 수 있는 모든 방법을 찾는 것, 그것이 정무수석이 해야 할 일이다.

"잘할 사람을 일 시키면 안 돼요?"

김밥 국무회의

인수위원회 과정을 거치지 않고 출범한 이재명 정부의 첫 국무회의는 상당히 어색한 분위기였다. 대통령실 참모 외에 전임 정부에서 임명된 장관들이 대부분이었기 때문이다. 대통령이 국무위원들에게 "우리 좀 웃으면서 합시다"라고 농담을 건네며 분위기를 이끌었지만, 상황은 크게 달라지지 않았다. 각 부처의 업무 보고를 간략하게 받고 문답이 오가는 자리였는데, 대부분 대통령의 질문에 짧게 답한 뒤 입을 다물었다. 물과 기름처럼 겉도는 분위기는 어쩔 수 없었다.

세간에는 이 회의가 '김밥 국무회의'로 알려지며 깊은 인상을 남겼다. 그날 회의에서 특히 인상 깊었던 인물은 송미령 농림축산식품부 장관이었다. 다른 장관들과 달리 업무 보고 준비가 충실했다. 현안에 대해서는 활발하게 의견을 개진했고, 정책에 대한 이해도 역시 깊었다. 나만 그렇게 본 것이 아니라,

다른 참모들도 비슷한 인상을 받은 듯했다.

　이후 두 번째 업무 보고 자리에서는 더욱 알차게 자료를 준비해 왔다. 대통령이 이해하기 쉽도록 각종 통계와 도표를 시각적으로 제시했고, 대통령의 질문에도 막힘이 없었다. 언제 면직될지 모르는 전임 정부의 각료였지만, 마지막까지 공직자로서 최선을 다하려는 태도가 무척 인상 깊었다. 한국농촌경제연구원에서 오랫동안 활동해 온 농촌 정책 전문가로서의 자질이 돋보였다.

　그런 일이 있은 뒤부터 송미령 장관 유임설이 5층 복도를 넘어 7층까지 퍼져 나갔다. 요지는 전임 정부에서 임명한 인사라 하더라도, 해당 업무의 최고 적임자라고 판단되면 직무를 계속 수행하게 하는 것이 맞지 않느냐는 것이었다. 대통령의 인사에 관여하는 5층 비서실장실이 발칵 뒤집혔다. 그런 과격한(?) 발상을 입 밖에 낼 수 있는 사람은 이재명 대통령뿐이었기 때문이다.

　"아니, 왜 잘할 사람을 일 시키면 안 돼요?"

　'수보회의'(대통령과 핵심 참모들이 참석하는 수석보좌관회의를 줄여 부르는 말)에서 대통령은 인사의 원칙을 이렇게 정리해 말했다. 나를 비롯한 여러 참모들은 그 말 이후에 벌어질 상황을 걱정했다.

리스크를 감수한 인사와 통합 메시지

민주당뿐만 아니라 범여권 전체를 보더라도 농축산 분야의 인재풀은 넓었다. 특히 국회 농해수위(농림축산식품해양수산위원회) 소속 의원들의 반발은 불을 보듯 뻔했다. 송 장관은 전임 정부 시절, 농해수위에서 상정돼 본회의를 통과한 이른바 '농림 3법'에 대해 거부권 행사를 요청했던 전력이 있었다. 여기에 농민 표심과 여당 내 농해수위 의원들의 이해관계가 복잡하게 얽혀 있어, 호남에 대한 정치적 배려 역시 고려해야 했다.

어쨌든 대통령께서 판단을 내리셨으니, 정치적 리스크 테이킹의 실무 책임자인 내가 바쁘게 움직여야 할 차례였다. 나는 민주당 소속 농해수위 의원들을 만났다. 반발은 예상보다 훨씬 수위가 높았다. 대통령의 뜻을 차분히 설명하고 이해를 구했다. 송 장관으로 하여금 과거의 갈등에 대해 유감을 표명하게 하고, 새 정부의 농정 방향을 전면 수용하겠다는 약속을 분명히 하도록 했다. 동시에 대통령이 거부권을 행사했던 농업 관련 법안부터 우선 처리하겠다는 명확한 로드맵을 제시했다. 송 장관의 사과로 농해수위 의원들의 체면을 세워 주고, 농림 3법의 재입법으로 정치적 실익을 확보하는 제안이었다. 그제야 의원들의 반발이 조금씩 누그러졌다.

나름으로 애쓴 결과는 좋았다. 송 장관은 상임위에 출석해 공식적으로 사과했고, 이후에도 누구보다 열심히 농업 현장을 찾아다니며 농정을 펼쳤다. 국회의원들과도 부지런히 접촉하며 협력 관계를 구축했다. 지금은 송 장관을 전임 정권 시절의 장관으로 인식하는 사람이 거의 없다고 해도 과언이 아닐 것이다.

중요한 것은 전임 정권에서 일했던 인사라 할지라도, 일을 잘하는 사람이라면 중용하겠다는 '실용주의 인사'를 국민이 긍정적으로 평가했다는 점이다. 송 장관 유임을 계기로 통합에 대한 대통령의 진정성 역시 재조명되었다는 점도 큰 성과였다. 통합은 말로만 되는 것이 아니라, 실제 인사와 정책을 통해 일관되게 추진해야 할 과제라는 사실을 다시 한 번 확인한 셈이다.

모든 경계에는 꽃이 핀다

이재명 정부 초기 6개월을 되돌아보면, 이재명 대통령에게서는 김대중 전 대통령의 실용주의와 노무현 전 대통령의 개혁성이 겹쳐 보일 때가 종종 있었다. 내가 보고 겪은 바에 따르면, 김대중 전 대통령 역시 결과를 중시했지만, 지금처럼 '속도'를 전면에 내세우지는 않았다. 노무현 전 대통령 또한 개혁의 용기를 보여 줬지만, 속도를 일관되게 강제하지는 않았다. 이재명 대통령은 이 두 가지를 동시에 요구한다. 개혁과 실용을 함께 끌고 가면서, 여기에 '속도'와 '성과'를 전면에 배치하는 것이다.

내가 이재명 대통령의 실용주의를 보며 배운 것은 '유연함'

이다. 전쟁처럼 치른 선거를 통해 집권했더라도, 굳이 공무원들까지 네 편, 내 편으로 나눌 필요는 없다는 것(막상 그 자리에 올라가 보면, 이것이 말처럼 쉽지 않다), '개혁'이라는 당위성 앞에서도 경직된 사고와 관행을 떨쳐 내는 것(강경한 입장을 고집하는 사람들일수록 자신은 무척 유연한 사고를 하고 있다고 믿는다), '실용'적인 행정을 펼치더라도 목표는 일관되게 유지해야 한다는 것(에둘러 가다 길을 잃는 경우는 또 얼마나 많은가), 아무리 '속도'가 중요하더라도 현실적인 제약 조건을 신중하게 고려해야 한다는 것('속도'에 매몰되다 보면, 종종 '일단 저지르고 보자'는 식의 모험주의에 빠져 허우적대기도 한다) 등이다.

말처럼 쉬운 것은 하나도 없다. '유연함'도 마찬가지다. 책상 앞에서 유연함에 대해 생각하는 것은 어렵지 않다. 문제는 구체적인 조건과 상황 속에서 발휘되는 유연함이다. 송미령 장관의 유임은 실용과 관행의 경계에서 이재명 대통령이 내린 선택이었다. 사람은 그런 경계에 서 있을 때가 가장 어렵다.

"모든 경계에는 꽃이 핀다."

우리에게 그런 깨달음을 안겨 준 분이 함민복 시인이었던가.

3장

'소통'이란? 공개, 경청, 그리고 책임까지

대통령이 생각하는 소통의 세 가지 경로

대통령의 소통 의지와 참모의 고심

대통령실 참모들이 처음부터 가장 고민한 것 가운데 하나가 '소통'이었다. 소통의 범위와 수준을 정하기가 쉽지 않았다. '국무(國務)'에는 공개해서는 안 될 기밀과 보안을 지켜야 할 내용이 많았기 때문이다. 한편으로는 전임 정부가 워낙 '불통(不通)'이라는 평가를 받아 왔던 터라, 국민의 소통 요구는 상대적으로 매우 높았다. 게다가 이재명 대통령의 소통에 대한 의지는 무지무지(?) 강력했다. 후보 시절에도 공사석을 가리지 않고 "나는 소통하는 대통령이고 싶다"는 소신을 강하게 피력해 왔다. 참모들은 대통령의 강력한 소통 의지와, 그렇더라도 '가릴 것은 가려야 하는' 현실적 제약 사이에서 고민이 깊을 수밖에 없었다.

이재명 대통령이 일찍부터 강조해 온 소통의 경로는 대략 세 가지였다.

첫째는 통합을 위한 행보다. 진보와 보수라는 이념을 기준으로 적대적인 대결 구도로 치닫는 정치 행태를 조금이라도 완화해 보자는 것이다. 소통을 통해 대화와 타협이라는 정당 정치를 복원하려는 경로다.

둘째는 여러 단계를 거치지 않고 국민과 직접 소통하자는 것이다. 그러려면 국민과의 접점을 늘려야 하고, 그러자면 국정 운영의 실상을 먼저 보여 드려야 한다. 이야깃거리, 즉 '소통할 소재'를 제공하는 경로다.

셋째는 '현장의 목소리'를 직접 듣는 것이다. 이 문제에 대해 이재명 대통령은 딱 부러지게 말했다. "누가 내 눈과 귀를 가린다는 소리는 듣고 싶지 않습니다." 기업이든 소상공인이든, 혹은 피해를 입은 국민이든, 그들의 육성을 있는 그대로 듣고 싶다는 것이 대통령의 확고한 소신이었다.

그래도 나는 걱정이 컸다. 소신이 현실에서 구체적인 모습으로 나타나려면 많은 준비와 여러 과정을 거쳐야 한다. 대체로 소신은 추상적인 관념의 덩어리인 반면, 현실은 그와 달리 예측할 수 없는 수많은 디테일이 작용하기 때문이다. 실행해 나가는 과정에서는 크고 작은 부작용이 드러날 가능성도 컸다. 대통령보다 한 발 앞서 리스크 테이킹을 고민해야 하는 나로서는 고민이 깊어질 수밖에 없었다. 그런데 이재명 대통령은 한 걸음 더 앞서 나갔다.

생중계, 국민 앞에 놓인 국정 현장

"국무회의도 생중계하는 게 어때요?"

수석보좌관회의를 주재하던 대통령이 이렇게 말했을 때, 나는 잠깐 숨이 멎는 느낌이었다. 마침내 올 것이 왔다는 생각이 들었다. 헐….

"국민은 정책 논의 과정을 여과 없이 볼 권리가 있잖아요."

'아, 그렇지요. 당연히 그렇긴 합니다만….' 나는 말을 삼켰다. 국민과 직접 소통하려는 대통령의 의지가 강하다는 것은 익히 알고 있던 사실이었다. 그러나 취임 20일 만에 광주에서 처음 타운홀 미팅을 열었을 때도 가슴을 졸였던 정무수석 아닌가. 그 회의 역시 애초에는 비공개로 진행하려던 계획이었는데, 전격 공개로 전환하자고 결정한 사람도 대통령이었다. 언론의 호평과 여론의 칭찬이 쏟아진 점 등은 모두 좋았다. 주요 정책을 설명하고 반론을 제기하며 합의를 이뤄 가는 과정이 국민에게 얼마나 신선한 충격이었는지는 짐작하고도 남았다. 그래도 그렇지, 드디어(?) 국무회의까지 생중계한다면….

거슬러 올라가 보면, 이재명 정부의 첫 국무회의, 이른바 '김밥 국무회의'부터가 파격적이었다. 4시간 가까운 회의의 대부분을 공개한 것이다. 전임 정부에서 임명된 장관들과 새 정부의 참모진이 함께 회의에 참석했다. 대통령과 일문일답을 주고받았고, 정책 현안을 두고 가벼운 토론이 전개되기도 했다. 방송사가 생중계로 송출하지는 않았지만, 언론 취재는 허용했다. 그러니 대통령이 김밥을 먹는 모습이 순식간에 알려질 수밖에 없었다.

하지만 국무회의를 '공개'하는 것과 '생중계'하는 것은 차원이 다른 문제였다. 더구나 새 정부 출범 한 달여가 지났을 무렵에도 이재명 대통령이 직접 임명한 장관은 절반 남짓에 불과했다. 전임 정부에서 일했던 인사들이 적지 않았다는 뜻이다. 야당에 의해 정권이 교체된 만큼 국정 방향도 다를 수밖에 없었다. 사안에 따라서는 정반대의 정책이 의제로 오를 가능성도 있었다. 토론 과정에서 돌출 발언이 나오거나 언쟁이 격화되는 상황을 완전히 막을 수는 없었다. 장관도 사람이니 언제든 감정이 격해질 수 있지 않겠는가. 역대 정부에서 국무회의를 대통령의 모두 발언 정도만 공개하고 이후에는 비공개로 전환해 온 데에는 그만한 이유가 있었다. 민감한 사안이 섞일 수도 있고, 부처 간 조율 과정이 그대로 노출될 위험도 있기 때문이다.

"소소한 부작용이 있겠지만, 국정 운영 전반을 국민에게 소상히 전달하는 것이 굉장히 중요합니다."

참모들의 우려에도 불구하고 대통령은 결단했다. 그렇게 사상 초유의 '국무회의 생중계'가 실행되었다. 겉으로는 급조된 결정처럼 보였을지 모르지만, 실제로는 '국민의 알 권리'를 충족하기 위해 대통령실 모두가 상당한 시간을 들여 논의하고 점검하고 숙고한 끝에 내린 결정이었다.

'국무(國務)'회의와 '국무(國無)'회의

국무회의(國務會議)는 원래 '보여 주지 않는 회의'였다. 구체적인 의사 결정 과정은 대개 비공개로 진행됐다. 그 결과만을 따로 대변인을 통해 발표하거나 관보에 게재하곤 했다.

국무회의는 말 그대로 나라의 주요 업무를 의논하는 자리다. 우리 헌법상 국무회의는 '의결' 기관이 아니라 '심의' 기관이다. 즉, 국무회의의 결정이 대통령을 법적으로 구속하지는 않지만, 대통령이 중요한 국무를 집행하기 전에 반드시 거쳐야 하는 필수 절차다. 따라서 헌법이 국무회의에 부여한 권한은 크다. 국정의 기본 계획과 정부의 일반 정책, 중요한 대외 정책, 헌법 개정안부터 조약, 각종 법률안과 대통령령까지를 다룬다. 특별한 경우가 아니면 대통령이 참석해 주재하므로, 실제로는 우리나라 최고 의결 기관이라 해도 틀린 말은 아니다.

그런데 전임 정부에서는 대통령이 국무회의에 들어와 모두발언만 하고 자리를 뜨는 일이 잦았다고 한다. 정작 중요한 내용은 국무총리가 진행했다는 것이다. 토론은 거의 없었고, 법률이나 시행령을 공포하기 위해 형식적인 절차만 거치는, 말하자면 요식 행위에 가까웠다. 헌법상 의결의 최종 결정권자인 대통령이 자리를 비웠으니, 그 회의는 '국무(國無)회의'라고 불러도 과언이 아닐 것이다. 손바닥에 '왕(王)' 자를 새겨 넣고 대통령에 당선됐던 인물이, 정작 국무(國務)에서는 자리를 피했다니, 세상에 이런 역설이 없을 성싶었다.

아무튼 그런 과정을 거쳐 첫 생중계된 국무회의는 7월 29일에 열렸다. 내색은 하지 않았지만, '살 떨리는' 1시간 20분이 순식간에 지나갔다. 다행히 '불상사(?)'는 전혀 없었다. 아니, 많은 이들의 우려 속에 열린 생중계 국무회의는 오히려 '불가사의한' 반향을 불러왔다.

생중계가 바꾸는 공직의 태도

주변 사람들의 이야기를 들어 보니, 처음에는 조마조마한 심정으로 지켜본 이들이 정말 많았다. 그러다 점점 화면에 몰입했고, 회의가 끝날 무렵에는 "감동적이었다"며 엄지를 치켜세웠다. 기자들조차 "뉴스보다 재미있다"고 말할 정도였으니, 이른바 '대박'이 난 셈이다. "충격적이었다"는 반응도 적지 않았다.

"밀실에서 대충대충 하는 줄 알았더니, 진짜 활발하게 토론하네."

"저런 식으로 결정하는구나."

"대통령과 장관들이 저렇게 토론하는 모습을 보니 믿음이 간다."

칭찬보다 더 큰 효과는 따로 있었다. 회의에 참석하는 이들이 정말 성실하게 회의 준비를 해 오기 시작한 것이다. 혹시 분위기 파악을 못 하고 엉뚱한 발언을 하지 않을까 하는 걱정은 기우였다. 자기 분야의 전문가인 장관들이, 행정 경험이 상대적으로 많은 대통령과 토론하고 설득하려면 많은 준비를 할 수밖에 없다. 직속 상관인 총리나 대통령보다 먼저 국민이 지켜보고 있기 때문이다. 또 자신이 맡은 부처의 공무원들과 산하기관 직원들이 눈과 귀를 열어 두고, 자신의 발언과 대통령의 질문을 하나하나 기록하고 있어서다.

국무회의를 앞두고 장관들이 열심히 '준비'할 때, 대통령도 '열공'한다. 질문을 하려면 더 많이 알거나, 최소한 답변하는 사람과 내공이 비슷해야 한다. 정말 몰라서 선생님께 묻는 초등학생처럼 질문한다면, 대통령의 체면이 서지 않는다. 그래서 이재명 대통령 역시 국무회의를 앞두고 누구보다 열심히 공부한다.

과정이 공개되면 자연스럽게 평가가 뒤따르기 마련이다. 짧은 연설이 아니라 질문과 답변이 오가는 시간이 길어질수록, 말을 잘하는 것과 일을 잘하는 것은 분명히 구별된다. 그러니 준비를 소홀히 할 수가 없다. 장관이 열심히 준비하면 그 아래의 차관과 국장이 따라오고, 국장이 노력하면 또 그 아래 사람들이 움직이게 된다. 그 영향은 커다란 그물망처럼 조직 전체로 퍼질 수밖에 없다. 장차 공직 기강을 세우는 데에도 이 생중계 모델은 큰 효력을 발휘할 것이 분명하다.

투명성이 작동시키는 정치

어떤 형식으로든 평가가 이루어진다는 것은 경쟁 시스템이 작동하고 있다는 의미다. 일련의 과정이 투명하게 공개되기 때문에 가능한 일이다. 또 평가에 참여하는 사람이 많을수록 그 결과는 더 공정해진다. 전임 방송통신위원장(부서 자체가 폐지되었으므로 마지막 위원장)의 사례가 대표적이다.

생중계 이전, 국무회의가 공개되었을 때 그 양반은 회의의 좌장인 대통령이 발언권을 주지 않았음에도 정치적 의도가 다분한 발언을 이어 가며 빈축을 샀다. 주제와 동떨어진 발언, 토론의 맥락과 상관없는 말을 곧잘 하는 바람에 보는 사람과 듣는 사람 모두를 불편하게 만들었다.

그 양반은 이후 방송 관련 조직이 개편되면서 면직되었는데, 당시에 놀라울 정도로 항의가 없었다. 국민의힘 의원들조차 공식적으로 방어하지 않았다. 공개된 회의를 통해 그의 의도가 이미 드러났기 때문이다. "대구시장에 출마하려고 저런다"는 평가가 자연스럽게 굳어졌다. '투명하게 보여 준 결과'가 만들어 낸 정치적 효과였다.

첫 생중계 국무회의를 시작하기 전에 이재명 대통령은 이렇게 말했다.

"적어도 국정을 책임지는 사람들이 어떤 토론을 하고, 어떻게 결정하는지를 보여 드리는 것도 민주주의에서 굉장히 중요한 영역입니다."

"임기 내내 할 겁니다"

이재명 대통령이 국민과 직접 소통하는 형식은 대략 세 가지다.

첫째, 국무회의 생중계다. 이 형식은 이제 완전히 틀을 갖추었다고 생각한다. 이른바 '뉴노멀'로 자리 잡은 것이다. 우리나라에 매우 위중한 문제가 발생했거나 외교적으로 극히 심각한 사태가 벌어지지 않는 한, 이재명 정부의 국무회의가 비공개로 진행될 가능성은 크지 않을 것이다. 임기가 끝난 뒤 다른 정부가 들어서더라도, 어쩌면 이런 시스템은 그대로 유지될 가능성이 높다.

둘째, 타운홀 미팅이다. 나는 처음에 대통령께서 서너 차례 하시고 끝낼 줄로 생각했다. 그런데 내 생각은 틀렸다. 언제까지 하실 생각이냐고 넌지시 여쭈었더니, 대통령께서는 빙글빙글 웃으며 이렇게 말했다.

"제 임기 내내 할 겁니다."

그 말이 떨어지자, 나도 모르게 쿨럭, 헛기침이 나왔다.

셋째, 현장에 가서 직접 목소리를 듣는 것이다. 이것은 따로 설명할 길이 없다. 나는 이를 대통령 이전에 행정가이자 정치가인 '이재명의 철학'이라고 생각한다. 대개 정치인의 철학은 자신의 존재 이유라 할 수 있는 소명(召命)에 닿아 있다. 직접 보고, 듣고, 확인하고, 점검하면서 정치적 목표를 향해 한 걸음씩 나아가는 방식이다.

그러나 대통령실 참모의 한 사람으로서, 여전히 한 가닥 염려는 남아 있다. 누구나 이렇게 일할 수는 없다. 매사에 호기심을 갖고 상황을 파악하며, 사람을 만나고 대화하는 일을 즐길 수 있는 이는 많지 않다. 매일 엄청난 양의 보고서를 읽고, 다음 일을 궁리하고, 국무회의를 준비하면서도 뉴스 속보를 확인하고, 나아가 SNS에 올라오는 댓글까지 살펴보는 삶은 결코 쉽지 않다. 주어진 일을 해내야 할 과업이 아니라 지적 호기심의 연장선으로 받아들이는 사람은 흔치 않다. 국민과 이렇게 6개월 내내 지속적으로 소통하는 모습을 보이는 일은 더욱 그렇다. 무엇보다 몹시 힘들고, 피곤한 일이기 때문이다.

Jae-myung Effect

국민의 기준점을 높여 버린 대통령

이재명 대통령이 집권 초기에 보여 준 중요한 역량 가운데 하나는 '행정力'이었다고 생각한다. 내가 굳이 행정力이라는 표현을 꺼내 든 것은, 단순히 '행정 능력'이라고 하면 다소 뭉뚱그려지는 느낌이 들었기 때문이다. 국무회의나 타운홀 미팅에서 행정으로 잔뼈가 굵은 실·국장들과 주고받는 이야기를 듣다 보면, 그런 생각이 저절로 든다. 마치 어려운 수학 문제를 척척 풀어 내는 고등학교 친구를 보는 듯하다. 수학 공식과 원리에 대한 이해도가 높고 응용력도 뛰어나서, 선생님이 작정하고 낸 '킬러 문항'도 별로 힘들이지 않고 풀어내던 친구 말이다.

사실 우리 헌정사를 통틀어 보더라도 '행정가 출신'이라고 할 만한 대통령을 찾기는 쉽지 않다. 군 출신을 제외하면 대부분 정치인이었다. 장관직을 수행했거나 국회 상임위 활동 등을 통해 국정을 직간접으로 경험하기는 했지만, '행정부 수반'으로서의 역량을 두루 갖추는 데에는 한계가 있었던 듯하다. 그래서 역대 정부가 관료 출신의 국무총리를 선호해 온 것인지도 모른다.

그런 점에서 기초자치단체장부터 출발한 이재명 대통령은 여러모로 특이하다. 정치인들이 대체로 비전과 꿈 등 미래를 이야기하는 데 집중한다면, 이재명 대통령은 상대적으로 '현재'의 일에 집중한다. 정치와 행정에 학술적이거나 관념적인 의미를 덧씌우지 않는다. 구체적이고 간결하다. "시민들의 삶에 즉각적인 효능감을 주는 것", 그리고 "행정은 국민이 낸 세금에 대한 서비스다. 서비스가 좋으면 고객, 즉 주민이 바로 만족감을 느껴야 한다"는 인식이 분명하다.

이처럼 행정과 정치에 대한 일종의 '거품'을 걷어 내고, '실용'이라는 기능적 측면에 집중하는 모습은 많은 호응을 얻었다. 국민이 체감하는 행정의 효능감은 역대 어느 정부보다도 강력하지 않을까 싶다.

"아, 대통령에게 주어진 권력을 저렇게도 사용할 수 있구나"라는 감탄.

"어, 전에는 안 된다고 했는데 이게 되는 거였네?"라는 신기함, 혹은 어리둥절함….

이런 경험은 오래 남는다. 안 되는 일을 붙잡고 끙끙대기보다 되는 일부터 빠르게 처리하는 순발력, 정책의 기획 단계부터 결과를 염두에 두는 속도, 그리고 무엇보다 일을 풀어 나가는 순서와 방향을 아는 '일머리'가 얼마나 중요한지 국민이 거듭 확인한 것이다. 굳이 전임 정권과 비교하고 싶지는 않지만, '뭣이 중한디'를 챙기는 것과 놓치는 것의 차이가 얼마나 큰지는 국민이 순식간에 알아차렸다.

좋은 경험은 쉽게 잊히지 않는다. 이재명 대통령이 어떻게 행정을 펼쳤는지를 보고 실제로 '서비스'를 받아 본 사람들은, 앞으로 정치인을 평가하는 잣대를 더 촘촘히 들이댈 가능성이 크다. 그래서 말이 앞서는 정치인들은 조심할 필요가 있다. 구체적인 결과를 내놓지 못하면 곤란한 상황에 놓일 수 있기 때문이다. 정치를 계속하려는 사람이라면, 행정에 대한 이해도를 지금보다 몇 배는 더 높여야 할지도 모른다.

나는 이 변화가 오래 지속되기를 바란다. 아니, 그렇게 될 것이라고 믿는다. 국민은 한 번 높인 기준을 다시 낮추지 않는다. 다시 이전으로 돌아가지 않을 것이다. '진짜 행정'을 원하는 것은 너무도 당연하다.

두 개의 도구

이재명 대통령은 '통합과 실용'이라는 두 도구를 적절하게 활용하는 정치인이다. 내가 보기에 이 두 도구는 동전의 양면과 같다. 통합이라는 목적을 이루기 위해서는 실용적이고 유연한 사고가 필수적이고, 빠르게 실용적인 성과를 내려면 이해당사자들의 협력이 중요하기 때문이다.

만약 대통령이 자신이 옳다고 믿는 것을 끝까지 고집하는 이념 성향의 지도자였다면, 국정 운영 곳곳에서 반목과 갈등이 이미 극심해졌을 것이다. 국민의힘과도 여러 차례 정면으로 낯을 붉혔을 가능성이 크다. 지금도 여전히 삐걱대는 지점이 없는 것은 아니지만, 그 당의 내부 사정이 더 복잡한 탓이지 적대적인 대결 구도로까지 치달은 것은 아니다.

솔직히 말해, 대통령과 야당의 관계는 모든 면에서 대등할 수는 없다. 여당이 국회 의석의 과반을 차지하고 있다면 더욱 그렇다. 헌법적 해석에서도 그렇고, 권한과 역할의 측면에서도 마찬가지다. 그럼에도 대통령이 야당과 호혜적인 관계를 유지하려는 이유는, 야당의 존재와 역할을 존중하기 때문이다. 생각이 다르더라도 나라와 국민의 이해가 걸린 사안에 대해서는 함께 의논하고 더 나은 방향을 도모하려는 태도는, 국민 통합에 힘써야 할 대통령의 책무이기도 하다.

그런데도 국회 밖에서 마이크만 잡으면 "이재명을 끌어내려야 한다"고 외치는 모습을 볼 때면 안타깝고 안쓰럽다. 실용의 관점에서 보자면, 국민의힘은 이재명 대통령을 국정의 최고 책임자로 인정하고, 국정 전반의 허와 실을 가려 비판하며 대안을 제시함으로써 정치적·정책적 우위를 확보하는 편이 훨씬 낫다. 야당의 존립 이유 역시 선거를 통해 권력을 획득하는 데 있지 않은가.

지난 1월, 대통령은 외교·안보 현안에 대한 초당적 협조를 구하기 위해 야당을 초청했다. 그러나 국민의힘은 끝내 그 손길을 뿌리쳤다. 설마 대통령의 통합 행보에 일부러 어깃장을 놓기 위해 초청을 거부한 것은 아니었을 것이다. 그래서 더욱 아쉬웠다. 정무수석으로서 마지막 소임을 다하던 자리였기에 그 아쉬움은 더 컸다.

그럼에도 불구하고, 지금까지 대통령이 보여 준 통합을 위한 노력은 앞으로 많은 정치적 리더들에게 하나의 전례로 남을 것이다. 혼자 가면 빨리 갈 수는 있지만 멀리 가지는 못한다. 멀리 가려면 함께 가야 한다. 어떤 경우든 목표에 닿는 길은 멀다. 멀리 가고자 하는 이들은 한마음으로 길을 나서야 하고, 가장 효율적인 경로를 택해야 한다. 그런 이들에게 통합과 실용은 분리될 수 없는 한 묶음일 수밖에 없다. 지금의 대통령실이 그러하듯이.

뜻이 통하는 소통

부처 업무 보고를 완전 공개 형식으로 진행하면서 관가의 풍경이 바뀌었다는 이야기가 많았다. 자신이 맡은 일만 묵묵히 처리하던 수동적인 자세에서 벗어나, 조금씩 능동적으로 업무를 추진하려는 분위기가 감지된다는 것이다. 대통령은 종종 이렇게 말했다.

"시장, 도지사 때 보니 제가 주민들의 이야기를 직접 들으려고 하지 않으면, 공무원들이 그냥 책상에서 이러저러할 것이라고 짐작만으로 일하는 경우가 많더라고요."

공무원들은 책상에 앉아 일상적으로 처리해야 할 업무가 많다. 굳이 찾아다니며 민원을 살피지 않더라도, 이미 일이 넘쳐난다.

"제가 그 부담을 좀 덜어 준다고 생각하고, 직접 민원을 듣고 처리 방법을 고민해 전달하는 겁니다. 그렇게 하니까 주민들이 좋아해요. 그러면 오히려 일이 빨라져요. 일도 나누고 성과도 빨리 나고, 얼마나 좋아요?"

행정의 영역에서 '직접 민주주의'의 효능을 체감했다는 이야기다. 어느 정치인보다 SNS를 잘 활용하고, 대통령이 된 이후에도 온라인에서 다양한 정보와 의견을 직접 찾아 듣는 태도는 이런 경험에서 비롯됐을 것이다.

대통령의 이런 소신은 부처 업무 보고 현장에도 그대로 적용됐다. 장·차관과 고위급 인사들만 참석할 것이 아니라, 담당 실·국장은 물론 핵심 실무자들도 가급적 함께하는 것이 좋겠다는 판단이었다. 왜 그럴까?

"장관을 통해 전달하면 제 말의 요지만 전해지는 것 같아요. 내가 무슨 생각을 하고 있는지, 진짜로 원하는 게 무엇인지가 느낌으로 바로 와닿기에는 한계가 있을 거예요."

이제 무슨 뜻인지 감이 잡힐 것이다. 각자가 처한 상황과 조건이 다르면 같은 말도 조금씩 다르게 받아들이기 마련이다. 간부는 간부대로, 중간 실무자는 실무자대로 수용의 결이 다를 수 있다. 내용을 정리해 공문으로 전달해도 크게 다르지 않다. 공식 문건에는 한 일과 할 일, 해서는 안 될 일이 건조하게 적혀 있을 뿐이다.

"그런데 업무 보고할 때라도 한자리에 다 모이면 좀 다르지 않겠어요? 문답은 주로 장관과 하겠지만, 다들 보고 듣다 보면 제 생각과 진심을 각자 이해하고 받아들이지 않을까요?"

그래서 내가 보기에는, 이재명 대통령이 강조하는 소통은 단순히 말이 통하는 차원을 넘어서는 개념에 가깝다. 말보다 뜻이 통하는 것을 더 중요하게 여기는 태도다. '이해'란 상대의 뜻을 헤아릴 때 자연스럽게 생겨나는 것이니까.

실제로 심리학에서는 사람 사이의 의사소통에서 말보다 표정, 몸짓, 음조 같은 비언어적 요소가 훨씬 강력한 영향을 미친다는 것이 정설로 받아들여진다. 언어적 요소, 즉 말의 내용은 10%도 되지 않고, 표정·몸짓·자세·시선 같은 시각적 요소와 목소리의 톤, 높낮이, 속도, 성량 등의 청각적 요소가 대부분을 차지한다는 것이다.

나는 대통령의 이런 노력을 '같이, 제대로 일하자'는 메시지로 읽었다. 오래전부터 유행어처럼 소비돼 온 '소통'의 본래 의미를 되새기자는 제안, 즉 말을 주고받는 단계를 넘어 서로의 '뜻'을 이해하자는 뜻이다. 왜냐하면 대통령이 강조하는 소통의 최종 목표는 국민이기 때문이다. 대통령의 뜻이 각 부문의 공직자들에게 정확히 전달돼야, 대통령이 생각하는 행정의 체계가 제대로 작동할 수 있다. 그 첫 단계가 다 같이 모여 이야기하는 형식의 부처 업무 보고였다.

완전히 공개된 업무 보고는 공직 사회에 활기를 불어넣는 효과를 낳은 듯하다. 누구에게 질문이 향할지 모르는 상황은 긴장을 동반한다. 출제 범위가 없는 시험을 준비하는 수험생처럼 말이다. 장관뿐 아니라 참석한 실무 책임자들도 마찬가지였다. 그만큼 준비의 밀도가 높아졌고, 자연스럽게 회의의 생산성도 올라갔다. 밤새 준비한 예상 답변과 자료가 대통령에게 전달되고, 언론을 통해 보도된다. 보기 좋은 현황 자료만 준비하면 됐던 예전과는 달라 피곤하긴 했겠지만, 자신의 일을 다시 돌아보는 보람도 느꼈을 것이다. 무엇보다 대통령을 도와 국정에 참여하고 있다는 자부심을 덤으로 얻지 않았을까 싶다.

실제로 대통령과 공개 회의에 참석했던 실무 책임자 가운데서 스타가 탄생하기도 했다. 대통령과 직접 질문하고 답을 주고받는 과정을 통해, 반듯하고 유능한 공직자가 정말 많다는 사실을 국민이 알게 된 것이다. 일상적으로 국민과 접촉하는 공무원들에게 '국민이 알아준다'는 경험보다 더 큰 보람이 또 있을까. 모두를 투명하게 보여 주면 국민이 스스로 평가하고 판단할 것이라는 믿음이, 관가의 풍경을 조금씩 바꾸는 동력일 것이다.

그래서인지 대통령은 언젠가 이런 말을 한 적이 있다.

"제가 옳다고 생각하더라도, 그 과정을 계속 보여 주는 게 좋습니다."

내가 천년만년 정무수석일 수는 없다. 이재명 정부 초대 정무수석으로서의 소임과 역할에도 분명한 한계가 있다. 그다음의 일은 내가 정할 수 있는 영역이 아닐 것이다. 인연을 따라가겠다고 마음먹는다. 어디에서 어떤 일을 하든, 여럿과 함께 하게 될 터다. 현장의 이야기를 있는 그대로 듣고 대화할 생각이다. 그 과정은 투명하게 공개하고, 함께 나눌 것이다. 이재명 대통령에게서 배운 좋은 점을, 잘 써 먹어야 하지 않을까 싶다.

투명한 유리 상자 안에서 일하는 대통령

자세히 살피면, 이재명 대통령의 소통 방식에는 큰 맹점(盲點)이 있다. 앞에서도 수차례 언급했듯이, 대통령의 소통은 밀실에서 몇 사람이 머리를 맞대는 방식이 아니다. 그 과정을 가능한 한 몽땅 공개하는 것이 핵심이다. 공론장에서 오가는 말들과 그 과정을 이해당사자, 즉 주로 국민 모두가 지켜보도록 하는 것이다. 평가와 판단을 이해당사자의 몫으로 남기는 셈이다.

그런데 이렇게 모든 것을 공개하면, 소통의 주체인 자신은 어떤 상태가 될까. 일거수일투족이 모두 공개되는 상황은, 관점을 달리하면 '감시받는' 상태가 된다. 하루에 세 개 부처의 업무 보고를 받는다고 치면, 대략 7~8시간 동안 수많은 국민의 시선이 집중된다. 그 긴장감은 대통령이라고 해서 다를 게 없다. 아무리 난처한 순간이 닥쳐도 숨을 곳이 없다. 그런 긴장의 연속을 한두 달도 아니고 임기 내내 감내하겠다는 것은 대단한 결심이 아닐 수 없다. 소통과 동시에 기꺼이 감시도 받겠다는 선택인 것이다.

내가 정치를 하면서 보아 온 권력자는 대체로 두 가지 유형으로 나뉘는 듯하다. 첫째는 차츰 오만해지는 경우다. 모든 정보가 집약되고, 그 정보를 바탕으로 모든 결정을 내리는 위치에서 비롯되는 오만함이다. 많이 알게 되면, 상대방의 이야기를 시시콜콜 끝까지 들어 주기 어려워진다. 결론이 뻔한 이야기, 그것도 자신의 생각과 전혀 다른 이야기를 듣는 일은 어쩌면 고통에 가깝다. 범부의 일상에서도 그런데, 대통령의 자리에서는 더욱 그럴 수 있다.

둘째는 권력을 누리고 싶어 하는 경우다. 통제받지 않고, 질문받지 않으며, 불편한 상황을 피하고 싶은 유혹이 초심을 흔드는 것이다. 언론을 통해 좋은 것만 브리핑하고, 불편한 대목은 가린다. 막상 그렇게 해 보면, 그 편안함을 쉽게 알게 된다. 그래서였는지 어떤 권력자는 아예 소통이라는 경로 자체를 차단하기도 했다. 권력자 자신의 '삶의 질'은 높아졌을지 모르겠다. 정시에 퇴근해 '내관(?)'들과 김치찌개에 소맥을 곁들여 정담을 나누면서 편안함을 느꼈을지도 모른다.

이재명 대통령은 정반대의 길을 택했다. 성남시장 시절에 시장 집무실에 CCTV를 설치했다는 일화만 봐도 그렇다. 모두가 지켜보는 투명한 유리 상자 안에서 일하겠다는 선택은, 웬만한 배짱 없이는 실행하기 어렵다. 나로서는 한편으로 존경스럽고, 다른 한편으로는 엄두가 나지 않는 일이기도 하다.

아무튼 이재명 대통령이 보여 준 이 선례는 차츰 뉴노멀로 자리 잡을 가능성이 크다. 시민의 삶을 책임지겠다고 나서서 6월 지방선거에 출마하는 모든 후보들은 지금까지와는 전혀 다른 기준을 마주하게 될지도 모른다. 유권자들은 자연스럽게 묻게 될 것이다. 대통령은 이러이러하게 해 왔는데, 그렇다면 당신은 어떻게 할 것인가를 말이다.

아, 참모란 무엇인가

갈림길 앞의 정무

몇 년 전 서울대 김영민 교수의 〈추석이란 무엇인가, 되물어라〉라는 칼럼이 화제가 된 적이 있다. 추석 명절에 본가에 가면 어른들의 짓궂은 질문에 어떻게 대응할 것인가를 제시한 글이다. "직장은 언제부터 다닐 참이냐?"라는 질문에는 "아, 취업이란 무엇인가?" 하고 되묻고, "결혼은 안 할 거냐?"라는 물음에는 "아, 결혼이란 진정 무엇인가?"라며 되묻자는 것이 줄거리다. 글의 마지막 문장이 특히 인상 깊었는데, 찾아보니 이렇다.

"정체성에 대한 질문을 가슴에 품고 추석의 고통과 직면하라. …칼을 들어 송편을 반으로 가르며 물어라. '추석이란 무엇인가.'"

이 칼럼으로 이야기를 시작한 까닭은 대통령실에서 일하는 동안, 정무수석이라는 참모의 역할이 결코 쉽지 않다고 느낀 순간이 있었기 때문이다. 그중에서도 조국 대표의 사면 결정이 대표적이다.

6월 초에 출범한 이재명 정부는 7월 초쯤부터 8·15 광복절 사면을 논의하기 시작했다. 사면은 실무적인 검토에 시간이 오래 걸리기 때문에 보통 한 달 전쯤에 결정을 내린다. 취임 두 달여 만이라는 점에서 부담이 없었던 것은 아니지만, 계엄과 대통령 파면이라는 격동기를 거쳤고 광복절이라는 상징성까지 감안하면 정치적으로 의미가 있다고 판단했다.

당시 대통령께서는 민생 관련 사면 대상을 확대하기를 원했다. 어려운 경제 상황을 반영하라는 취지였다. 법무부와의 검토를 거쳐 약 300만 명 이상에 이르는 신용불량 상태의 국민도 대상에 포함시켰다. 신용카드 발급 등 금융 거래에 대한 제약을 해소하기 위한 조치였다.

사면에서 가장 고심하게 되는 대목은 역시 정치인 관련 사면이다. 범위와 대상을 정하는 일부터가 까다롭다. 이른바 '정치권 정서'와 국민 정서 사이의 간극은 한일 간 대한해협보다 더 넓다고 느껴질 때가 있다. 가장 민감한 지점은 역시 돈 문제다. 정치자금법 위반이나 뇌물, 횡령 등으로 피선거권이 박탈된 정치인이 경계선에 놓인다. 도덕률(道德律)이 문제 되는 경우는 대체로 사면 대상에서 제외된다. 사면은 본질적으로 국민의 법 감정을 자극할 수밖에 없지만, 도덕 감정까지 흔들 경우에는 그 후폭풍을 감당하기가 어렵다. 어디까지를 구제의 범위로 삼을 것인가 하는 문제다.

지난 8·15 사면을 논의하는 과정에서 가장 민감한 쟁점은 조국 대표까지 사면 대상에 포함할 것인가였다. 서너 차례 참모들이 모여 회의를 했지만, 쉽게 결론을 내리기 어려웠다. 중요한 선택의 기로에 섰을 때 흔히 '갈림길에 서 있다'고 말하지만, 이 문제는 어느 쪽을 택하든 낭떠러지였다. 깎아지른 절벽이냐, 경사가 급한 낭떠러지냐의 차이 정도였을 뿐이다.

조국, 그리고 미국

정무수석실에서 내용을 정리해 대통령께 보고했다. 조국 전 대표 사면의 필요성과 문제점은 누구나 짐작할 수 있었고, 내 설명도 간명했다. 전 정권 정치 검찰의 가장 큰 피해자 가운데 한 사람이라는 점, 온 가족이 치유하기 힘든 상처를 입었다는 점, 그리고 각계의 사면 요청이 크다는 점이었다. 반면 내로남불의 대표적 사례로 인식돼 국민의 도덕 감정에 혼란을 줄 수 있고, 대통령께서 추구하는 공정한 대한민국의 가치가 크게 훼손될 수 있다는 점도 함께 설명했다. 그래서 지금 이 문제가 대통령께 가장 큰 정치적 부담이 되고 있다는 점까지 덧붙였다.

대통령께서는 나의 정무적 의견을 물었다. 어차피 할 수밖에 없는 사면이라면 지금 하는 것이 낫다고 말씀드렸다. 광복절 사면이 아니면 연말이나 연초까지 미뤄야 하는데, 지방선거를 앞둔 시기여서 정치적 논란이 더 커질 수 있다는 점, 또 지방선거를 지나 내년 8월까지 미루면 형기를 거의 마치는 시점이어서 사면의 실효성이 약해진다는 점을 설명했다.

대통령이 가장 우려한 것은 국민의 시선이었다. 대통령께서는 거듭 공정성에 대한 참모들의 의견을 물었다. 실망하거나 대통령의 공정성을 의심하는 국민이 적지 않을 것이라고 솔직하게 말씀드렸다. 다만 우리 정부에서 끝까지 사면을 하지 않을 생각이 아니라면, 이 문제는 계속해서 부담으로 남아 있을 것이라고 덧붙였다.

집무실을 나오기 전에 당부와 우려를 동시에 말씀드렸다.

"대통령님께서 결단하시는 것이 좋겠습니다. 다만 이 사면을 단행하면, 지지율이 적어도 5% 이상 빠질 수 있습니다. 그 부분은 이후 국정 성과로 만회하는 수밖에 없습니다…."

집무실을 나오며 보니 대통령의 얼굴이 무척 어두웠다. 가벼운 장난기와 일상적인 유머 감각을 타고난 분이 그렇게 곤혹스러운 표정을 짓는 모습을 나는 두 번 보았다. 한 번은 조국이었고, 또 한 번은 미국이었다.

정무수석이란 무엇인가

"제가 좀 더 고민해 보겠습니다."

대통령은 휴가를 떠나기 전에 이렇게 말했다. 사면 대상을 확정하고 실무 작업을 진행하려면 시간이 빠듯했다. 그런데 공교롭게도 그 시기에 사면과 관련해 큰 소동이 벌어졌다. 야당 정치인의 사면을 요청하는 문자 메시지가 공개된 것이다. 정치인 사면에 대한 반대 여론이 들끓었고, 그 불똥이 사방팔방으로 튀기 시작했다. 안 그래도 곤란한 처지였는데, 난처함은 이루 말할 수 없었다. 정치인 사면을 주도하는 정무수석실 전체가 바늘방석에 앉은 형국이었다.

그때 전화가 왔다. 대통령이었다. 가라앉은 목소리로 딱 한마디만 하셨다.

"이 사면, 합시다."

깊은 고심이 그대로 전해지는 듯했다. 모르긴 해도 휴가 중에 여러 사람의 의견을 두루 구했을 것이다. 한미 정상회담이 코앞이라 여유가 없었을 텐데도 그랬다. 시민단체는 물론이고 종교 지도자들, 전직 대통령까지 나서 조국 전 대표의 사면을 요청했으니, 그 압박감도 상당했을 터였다. 반대 논리도 분명했지만, 사면해야 한다는 정서적 공감 역시 만만치 않았다. 그 목소리를 전적으로 외면할 수는 없었을 것이다. 국민 통합이라는 큰 방향을 생각하지 않을 수 없었을 테니까. 실제로 사면 발표문에도 그 곤혹스러움이 고스란히 묻어 있었다. 통합을 위한 한 걸음으로서의 불가피한 결정임을 밝히면서, 반대하는 분들의 서운한 마음도 헤아리지만 널리 이해를 구한다고 했다.

이런 과정을 거쳐 사면은 실행되었고, 국정 지지도는 5%

나 빠졌다. 예상했던 일이었지만, 막상 50%대 중후반으로 떨어진 여론조사 결과를 받아 드니 내 심장도 바닥으로 툭 떨어지는 듯했다. 정치인 사면은 본질적으로 정무수석실의 판단이 영향을 미치는 사안이라, 주무 당사자로서 면목이 없었다. 누가 마음을 쥐어짜기라도 하는 것처럼 괴로웠다.

참모는 자기 생각을 밖으로 드러내서는 안 된다. 대통령의 지시를 받아 실행하는 참모는 대통령께만 자신의 의견을 개진할 수 있다. 대통령의 판단을 돕는 것이 가장 중요한 책무이기 때문이다. 그러나 일단 대통령의 결정이 내려지면, 자신의 생각은 단호하게 접어야 한다. 대통령의 말과 의중을 전달하는 정무수석이 다른 말을 하고 다닌다? 있을 수 없는 일이다.

그런데 조국 전 대표를 비롯한 정치인들의 사면을 건의했지만, 결과는 기대에 미치지 못했다. 어떻게 받아들여야 할지… 그때의 심정을 지금도 쉽게 풀어내기 어렵다. '추석이란 무엇인가' 식으로 말하자면, 이럴 것이다.

정무수석의 정체성에 대한 질문을 가슴에 품고 대통령의 고통과 직면하라. …펜을 들어 여론조사 보고서에 북북 밑줄을 그으며 묻고 또 물었다.

아, 정무수석이란 진정 무엇인가….

비서실장이란 또 무엇인가

재차 언급해서 뭣하지만, 2025년 6월 대통령실에서 근무한 모두는 '극한 직업'이었다. 마라톤으로 치면 35km쯤 달렸을 때 마주치는 '마(魔)의 벽' 같은 것이었다. 눈앞에 보이지 않는 거대한 벽이 나타나 나아가려 해도 발걸음을 멈추게 만드는 극심한 피로감, 당시 우리가 마주했던 현실이었다. 매일 새로 투입되는 인원을 검증해야 했던 민정수석실은 거의 매일 밤샘이었다. 나도 원형 탈모 비슷한 증상이 와서 약을 먹을 정도였으니까.

그런 내가 보기에도 정말 '죽을 고생'을 한 사람은 세 분의 실장이었다. 안보실장은 초기에 외국으로 출퇴근하다시피 했다. 이재명 정부의 핵심 과제 가운데 하나가 '대한민국 외교 정상화'였고, 대통령이 취임 1주일 만에 G7 정상회의에 참석했으니 처음부터 전력 질주할 수밖에 없었다. 새벽에 귀국해 분명히 아침 회의를 함께했는데, 저녁 무렵에 인천공항 출국장에서 기자들과 스탠딩 인터뷰를 하는 모습을 방송으로 보는 식이었다. 연세도 조금 있으셔서 뵐 때마다 나도 모르게 안색부터 살피곤 했다.

'미국 출퇴근'을 거듭한 건 정책실장도 마찬가지였다. 관세 협상을 조율하느라 애를 많이 먹었다. 처음부터 어려운 협상이어서 마음고생이 심했다. 러트닉 미국 상무장관 등 관계자들을 만나 겨우 작은 합의라도 받아 내면, 바로 다음 날 백악관에서의 딴소리가 언론에 보도되는 일이 한두 번이 아니었다. 자기들로서는 그런 것도 협상의 기술일지 모르지만, 당하는 우리 입장에서는 손톱 밑의 가시요, 눈 안에 낀 티끌처럼 껄끄러웠다. 한두 번이면 몰라도, 언론이 마이크를 들이댈 때마다 "어렵다"는 말을 되풀이하는 건 정말 괴로운 일이었다. 잘생긴 호남형 얼굴이 매번 굳어 갔다.

그에 비해 강훈식 비서실장의 동향이 언론에 비친 경우는 상대적으로 적었다. 11월 국회 운영위원회의 대통령비서실 국정감사에 출석했을 때 피로에 절은 모습이 화제가 된 적이 있었다. 그 수려한 얼굴이 반쪽이 된 채 눈가를 비비며 하품을 참느라 애쓰는 모습을 언론사 카메라가 놓칠 리가 없었다. 전날 대통령이 몸살로 일정을 취소했고, 바로 다음 날이어서 더욱 관심을 끌었다.

사실 그런 일이 있기 훨씬 전부터 강 실장도 '극한 일과'에 시달려 왔다. 사람이 힘든 일에 시달리면 나중에 잇몸이 무너지는 경우가 많다. 문재인 전 대통령이 노무현 정부에서 일하는 동안 임플란트 치아를 열 개 넘게 했다는 얘기도 있다. 강 실장도 대통령실에서 근무한 지 한 달여 만에 이가 흔들렸고, 치과를 드나들었다.

이재명 대통령의 비서실장은 역대 정권의 비서실장들과 많이 달랐다. 미국과 벌인 관세 협상이나 다른 나라와의 경제 협력과 관련해 특사 임무로 파견된 적도 있었지만, 내부적으로 맡는 역할 또한 적지 않았기 때문이다.

내가 본격적으로 정치 활동을 시작한 게 대략 16대 총선부터라, 김대중 전 대통령부터 지금까지 역대 대통령과 참모들의 관계는 제법 아는 편이다. 대통령과 비서실장 간의 신뢰가 가장 중요하다는 건 두말할 필요가 없다. 그런데 대통령과 소위 말하는 '케미'가 지금보다 잘 맞았던 경우를 나는 거의 보지 못했다. 그냥 잘 맞는다는 수준을 넘어 '역대급 싱크로율'이 아닐까 싶다.

예를 들면 대통령과 수석들 간의 티타임이 잡히면, 비서실장이 먼저 수석회의를 주재하는 경우가 있다. 각 수석실의 현안을 한 번 더 점검하는 자리다. 어떤 보고 사항에 대해 강 실장이 "이건 이러저러한 게 아닌가요?" 하며 의견을 내기도 한다. 대략 그런 식으로 수석과 실장이 가닥을 잡아 협의한 뒤, 20분쯤 지나 대통령과의 티타임에 들어간다. 같은 현안을 보고하는 순간 대통령이 묻는다. "그건 이러저러한 게 아닌가요?" 그러면 회의가 잠깐 중단되고, 대신 웃음소리가 회의실을 두세 바퀴 휘돈다. 왜 그런지 알게 된 대통령도 비서실장을 보며 웃는다.

대통령과 케미가 잘 맞는 비서실장은 그럼 좋을까. 내가 보기에는 전혀 그렇지 않다. 대신 참모들은 참 좋다. 왜냐하면 수석들은 안 그래도 바쁜 대통령을 붙잡고 따로 보고할 필요가 크게 줄어들기 때문이다. 또 1차 보고서를 빠르게 만들어 보여주고, 보완이나 수정 사항을 금방 확인할 수 있다. 강훈식 실장을 만나면 되니까 말이다.

이런 상황이 반복되면 비서실장은 정말 힘들다. 대통령의 의중을 가장 잘 읽는 사람의 방문 앞에 긴 줄이 늘어서는 건 당연한 일이다. 잠깐 숨 돌릴 틈도 없이 사람을 만나다가, 대통령이 부르면 언제든 달려가는 그를 보며 짠한 마음이 들 때가 많았다. 내가 정무수석으로 출근할 때도 한편으로는 강훈식 실장을 좀 도와주고 싶은 마음이 꽤 있었는데, 지금 생각해 보면 정작 도운 건 별로 없고 오히려 신세를 진 게 더 많다. 비서실장 일을 너무 잘해서 그런 탓도 있을 것이다.

대통령의 몸살과 비서실장이 견딜 수 없을 정도로 피곤해했다는 보도를 보면서 묘한 생각이 들었다. 그런 것까지 대통령과의 케미나 싱크로율로 해석할 수는 없겠지만, 유능한 참모는 어떻게 움직여야 하는지를 다시 생각하게 된다. 비서실장이란 또 무엇인가.

4장

'운명의 신'이 조용히 움직였다

정상화의 시작

G7, "Democratic Korea is Back"

지금은 언제 그랬나 싶게 우리나라가 안정적인 시스템을 유지하고 있지만, 지난해 6월 이재명 정부가 들어섰을 때만 해도 상황은 매우 심각했다. 다발성 외상으로 중증외상센터에 실려 온 환자를 대하는 심정이었다고나 할까. 어디서부터 손을 써야 할지 난감했다. 게다가 국정을 운영할 최소한의 시스템마저 붕괴 상태였으니….

우선 경제 상황이 최악이었다. 계엄 이후 6월까지 마이너스 성장을 기록했다. IMF 위기나 팬데믹 같은 외부 요인이 아니라, 내부적인 문제로 나라 전체가 뒷걸음질 친 것이다. 미래가 불확실해지자 국민이 먼저 지갑부터 닫았고, 소비가 꽁꽁 얼어붙었다. 밖으로는 전 세계가 전쟁의 위기에 직면해 있었다. 우크라이나와 러시아의 전쟁이 장기화되는 가운데 이스라엘과 팔레스타인의 충돌까지 더해지면서, 제5차 중동전쟁의 가능성마저 제기되기도 했다. 에너지와 밀을 비롯한 농산물의 상당 부분을 수입하는 우리로서는 발등에 불이 떨어진 셈이었다.

무엇보다 시급하고 심각했던 것은 대한민국의 대외 신뢰도를 회복하는 일이었다. 세계에서 유일하게 개발도상국에서 선진국으로 진입했다는 찬사를 받던 나라였지만, '앞으로 어떻게 될지 모른다'는 국제사회의 우려를 말끔하게 해소하지 않고서는 무엇도 제대로 해낼 수가 없었다. 우리가 수출로 먹고사는 나라라는 점에서 더욱 그랬다.

첫 갈림길은 취임 후 불과 13일 뒤에 열린 G7 회의 참석 여부였다. 누가 보더라도 대통령이 자리를 비우고 외국으로 나갈 형편은 아니었다. 평상시라면 외교 라인이 최소 한두 달 전부터 실무 준비에 돌입했어야 할 만큼 중요한 행사였다. 그러나 당시 우리의 사정은 내각 구성은 고사하고 핵심 참모진조차 다 갖추지 못한 상태였다.

참모들의 걱정을 뒤로하고 이재명 대통령은 참석하기로 결정했다. 무엇보다 세계에 '한국의 복귀'를 알려야 했다. 군대가 의회를 점거하려는 시도를 막고, 빠르게 민주주의를 회복한 대한민국이 민주주의 국가의 일원으로 다시 돌아왔다는 사실을 전 세계에 분명히 알리려는 것이었다. G7 참석의 의미를 "민주 한국이 돌아왔다(Democratic Korea is back)"로 정의한 것도 그런 이유에서였다. 2차대전 이후 경제와 민주주의를 동시에 성취한 유일한 나라로서, 또 한 번 민주주의의 위기를 극복했다는 사실만으로도 주목받기에 충분했다.

또 한 가지 현실적인 목표는 미국이었다. 미국의 통상 압력이 워낙 거세게 몰아치던 때였기 때문에, 도널드 트럼프 대통령을 만나는 게 무척 중요했다. G7에서 짧게라도 직접 만나 의중을 파악할 필요가 있었다. 나중에 열리게 될 한미 정상회담을 위해서라도 그랬다. 국내 현안이 산적한 부담을 무릅쓰고, 외교부 장관도 임명하지 못한 상태에서 캐나다로 향했던 까닭이다.

우려가 많았지만, G7 회의에서 이재명 대통령의 행보는 크게 주목받았다. 9개국 정상들과 국제연합, 유럽연합, 북대서양조약기구 수장들과 연쇄 양자 회담을 가졌다. 계엄과 탄핵, 전임 대통령의 파면과 새로운 정부의 출범에 대한 그들의 관심은 우리의 예상을 넘어섰다. 안도와 찬사, 기대가 교차하는 만남이 1박 2일 내내 이어졌다. 자화자찬이 아니라 '대한민국의 귀환'은 세계 주요 국가들의 주목을 받을 수밖에 없는 일이었다. 미국과 중국의 세계 전략이 충돌하는 지점에 세계 10위권 경제대국인 우리가 자리하고 있기 때문이다.

G7 참석 결과는 상당히 좋은 평가를 받았다. 제대로 준비할 시간조차 부족했던 걸 감안하면 더욱 그랬다. 정상 외교 경험이 거의 없는 이재명 대통령에 대한 우려도 크게 줄었다. 물론 이스라엘이 이란을 공격하면서 급변한 중동 정세로 인해 도널

드 트럼프 대통령이 급거 귀국하는 바람에 한미 정상회담이 다음으로 미뤄진 점은 아쉬웠다. 그러나 미국과의 관세 협상은 더 많은 준비와 노력이 필요한 분야였다. 기왕에 미국 쪽 사정으로 연기된 만큼 더 준비할 시간을 번 셈이기도 했다.

미국은 G7 회의가 막을 내린 그 주말, 이란의 핵시설을 직접 공격했다. 도널드 트럼프 대통령이 우리와 관세 문제를 두고 신경전을 벌일 겨를이 없었던 것이다.

"도대체 얼마를 더 달랍니까?"

미국의 통상 압력에 대처하는 문제는 이재명 대통령의 어깨를 짓누르는 가장 무거운 짐이었다. 취임 첫날부터 10월 APEC 정상회의에서 최소한의 합의에 이르기까지, 대통령실 전체가 이 중압감에서 벗어날 수 없었다. 대통령의 일정과 관심, 그리고 각 참모실과 관련 부처의 보고 가운데 3분의 1 이상은 '관세'와 '협상'이 핵심 주제였다.

각자 다른 업무를 다루다가도 대통령이 부르면 세 실장이 집무실로 뛰어갔다. 때로는 정무수석도 호출했다. 시스템 자체가 무너졌던 6월은 말할 것도 없고(이 대목을 쓰다 보니 또 울화가 치민다), 주요 부처 장관들이 임명되던 9월에도, APEC을 무사히 끝낸 10월까지 이 체계를 유지할 수밖에 없었다. 한미 정상회담 이후에도 후속 협상이 길어졌고, 협상 대응의 초기부터 이어 온 흐름을 계속 유지할 필요가 있었기 때문이다.

"지금 미국과의 대화가 어디까지 가 있습니까?"

"미국이 정말 요구하는 게 뭐라고 보세요?"

"우리는 어디까지 양보할 수 있어요? 솔직하게 말씀해 주세요."

"우리가 못 하겠다고 버티면, 구체적으로 어떤 위험이 있습니까?"

대통령의 목소리는 가라앉아 있었고, 참모들이 대답하거나 의견을—대체로 비관적인—내놓을 때면 입은 일자로 굳게 다물렸다. 아무것도 남아 있지 않던 대통령실에서 집무를 시작하면서도 늘 낙관적이고 자신감이 넘쳤던 대통령이었다. 생애를 통틀어 고난과 고초를 자신의 그림자처럼 달고 다녀야 했던 인물만이 가질 수 있는 생동력을 보여 준 분이었다. 짓궂은 상황에서도 유머 감각으로 자신의 의지를 드러내곤 했던 그가 이 회의만 열리면 유난히 고통스러워했다. 다른 회의 때는 종종 터져 나오던 웃음소리도 이 자리에서는 뚝 그쳤다.

트럼프 2기 행정부는 일반적인 협상의 관행을 거의 지키지 않았다. 우리 실무진이 기껏 작은 합의라도 하고 돌아오면, 인천공항에 도착하기도 전에 딴소리가 미국 언론을 통해 보도되곤 했다.

"얼마를 더 달라는 겁니까?"

"그건 우리가 도저히 감당할 수 없는 조건이잖아요?"

협상은 팽팽한 평행선을 달렸다. 태평양을 사이에 두고 한국과 미국은 말 그대로 팽팽히 맞섰다. 인천공항에서 워싱턴까지는 평균 13시간이 걸리고, 돌아오는 데는 2시간 정도가 더 소요된다. 비행기가 편서풍에 떠밀리기 때문이다. 한국의 외교와 경제를 책임지는 장관들과 대통령실 참모들 역시 미국의 압박에 그렇게 떠밀리고 있는 것만 같았다. 인천공항 입국장에서 카메라 앞에 선 장관과 실장들의 얼굴에는 피로감이 역력했다. 협상에 진전이 없으니 보고할 내용도 대동소이했고, 곤혹스러운 표정을 온전히 감출 수는 없었다.

그렇게 다람쥐 쳇바퀴를 도는 듯하던 협상에 찬물을 끼얹는 일이 터졌다. 7월 22일, 미국이 일본과 관세 협상을 타결한 것이다. 일본의 대규모 투자와 시장 개방이 핵심 내용이었는데, 사실상 미국이 제시한 안을 거의 그대로 받아들인 것이나 다름없었다. 워낙 일방적이어서 뭐라고 덧붙일 말을 찾기 어려웠다. 마침 이상 기후로 폭염이 기승을 부리던 때였는데, 그 소식을 듣고 숨이 훅 막혔다. 일본이 일방적으로 무릎을 꿇었다는 언론 보도가 뒤를 이었다.

그리고 불과 이틀 뒤 아침부터 해괴한 일이 벌어졌다. 구윤철 경제부총리가 인천공항에서 출국을 앞두고, 미국 재무장관으로부터 회담 일정을 일방적으로 취소한다는 통보를 받은 것이다. 관세가 부과되는 시점인 2025년 8월 1일로부터 불과 일주일을 앞두고 있던 때였다. 내 뒤통수가 얼얼할 정도였으니, 협상 실무를 맡고 있던 장관들과 참모들의 심정이야 오죽했겠는가. 누가 봐도 한국 길들이기였다. 최소한 일본만큼의 양보안을 준비하라는, 트럼프식 협상의 기술 아니, 한미 동맹이라는 오랜 바탕 위에서 미국이 일방적으로 구사한 압박의 기술이었던 셈이다.

회군이 불러온 불퇴전의 결의

그런데 지금 생각해 보면, 당시 구윤철 재경부 장관의 '인천공항 회군 사건'은 우리 협상팀을 비롯한 대통령실 내부에 불퇴전(不退轉)의 결의를 촉발하는 효과도 있었다. 그로부터 사흘 뒤 김정관 산업통상부 장관이 하워드 러트닉을 만나기 위해 스코틀랜드의 턴베리(Turnberry) 골프장까지 찾아갔으니 말이다.

당시 김 장관은 여한구 통상교섭본부장과 함께 워싱턴과 뉴욕에서 러트닉 장관과 협상을 벌였으나 확답을 얻지 못했다고 한다. 그런데 러트닉 장관이 협상을 마무리 짓지 않은 채 도널드 트럼프 대통령을 따라 유럽연합 집행위원장과의 회담을 수행하러 간 것이다. 김 장관 일행은 러트닉 장관이 저녁 식사를 마칠 때까지 기다렸다가, 밤늦게부터 새벽까지 다시 협상을 진행했고, 비로소 협상의 물꼬를 트게 되었다.

그 긴박했던 '추격전' 이야기를 전해 들으며, 그 장면들이 영화처럼 그려졌다. 모르긴 해도 김 장관을 비롯한 우리 협상 실무진들은 어금니를 꽉 깨물지 않았을까 싶다. 처음부터 워낙 불공평한 협상이었다. 일부 언론에서는 협상을 빙자한 강탈이라는 반응도 있었다. 그런 상황에서 일방적으로 밀리다시피 한 데다 인천공항 회군 사건 같은 박대까지 당했으니 그 심정이 오죽했으랴. 게다가 협상 도중에 스코틀랜드로 갔다고 하니….

사정이 그랬으니, 찾아갔다기보다는 '추적'했다는 표현이 더 정확하지 않을까 싶다. "그래? 그럼 우리도 끝까지 간다" 하는 심정이었을 것이다.

김정관 장관에게 당시의 감정 상태까지 직접 묻지는 않았지만, 매사에 꼼꼼하고 치밀하게 일을 처리하는 그의 성향을 떠올리면 전혀 아니라고도 할 수 없을 것 같다. 그래서 한 달쯤 뒤 워싱턴 한미 정상회담 직후 기자회견에서 도널드 트럼프 대통령이 김 장관을 가리켜 "아주 터프하고(tough), 똑똑한(smart) 협상가다. 그런 끈기가 결국 한국에 좋은 딜(deal)을 안겨 주었다"고 말하지 않았던가.

6개월의 무책임이 남긴 쓰나미

도널드 트럼프 대통령이 재선 임기를 시작한 날은 2025년 1월 20일이다. 우리는 전임 대통령의 탄핵소추안이 국회 본회의를 통과하면서 직무가 정지된 날이 2024년 12월 14일이었다. 6월 3일은 대통령 선거일이었다. 그때까지 대통령의 직위는 권한대행 체제로 명맥을 유지했다. 우리 정부가 미국과 접촉할 상황이 아니어서, 미국의 통상 압력은 주로 언론을 통해 간접적으로 확인할 수밖에 없었다. 거의 6개월 동안 한국은 마땅히 대응할 주체가 없는 가운데 미국의 '말 폭격'을 고스란히 감당해야 했다. 경제는 2분기 연속 마이너스 성장을 거듭할 만큼 어려웠다.

그런데 국정의 최고 책임자인 대통령이 유고(有故) 상태에 있던 시기에, 권한대행인 총리가 "미국과 맞서지 않겠다"는 발언을 내놓아 큰 논란이 일었다. 우리 정부의 협상 가이드라인을 제시한 것이나 마찬가지였다. 총리에게 그런 권한이 있는지는 차치하더라도, 미국이 원하는 대로 해 주겠다는 발상부터가 아주 고약했다. 한미 FTA를 추진했던 당사자여서 미국과의 협상에는 자신이 있다던 사람이 그랬다. 아무리 미국이라해도, 주권국가 간에 협상 테이블조차 꾸려지기 전에 "맞서지 않겠다"고 말하다니. 보수와 진보의 입장을 떠나, 국가 운영에 참여했던 총리가 저런 수준밖에 안 된단 말인가. 내 귀를 의심했다.

더 큰 문제는 "맞서지 않아야 할" 근거도, 이유도 없었다는 점이다. 통상 관련 부처와 최소한의 협의를 거쳐 내린 결론도 아니었다. 미국이 내놓으라면 어차피 다 내줄 수밖에 없으니, 괜히 협상한답시고 얼굴 붉히지 말고 얼른 사인하자는 얘기로 들렸다. 전임 대통령이 외국에 국빈 방문을 하면서 밤에 대기업 총수들을 불러내 소맥이나 퍼마시던 장면과 뭐가 다른가 싶었다. 이런 사람들이 대한민국을 운영한답시고 그 난리를 쳤으니, 나라가 망하지 않고 버텨 준 게 신기할 정도였다.

그래서 온갖 억측이 쏟아졌다. 탄핵당한 정권의 총리가 다음 대통령 선거에 출마할 것이라는 얘기, 미국의 영향력을 국민의힘 당내 대선 경선에 십분 활용할 것이라는 관측, 계엄에 깊이 관여해 내란죄에 연루되는 것을 피하려고 꼼수를 부리고 있다는 말들까지 나왔다. 지금에 와서 보면, 그것은 억측이 아니었다. 자신의 이익을 위해 나라를 팔아먹으려 한 것이나 다름없었다. 세상에 이런 국치(國恥)가 또 있을까 싶었다.

아무것도 남기지 않았던 대통령실처럼, 최소 6개월 동안 미국의 관세 협상과 관련해서는 사실상 아무 일도 하지 않았던 대행 체제의 정부였다. 이재명 정부가 들어서고 재경부, 산업부, 통상교섭본부, 외교부 등 협상 실무 라인이 구성되고 나서야 미국 당국자들과의 접촉이 시작되었다. 그러자 꽉꽉 틀어막혀 있던 것들이 한꺼번에 쏟아져 나왔다. 눈사태처럼, 쓰나미처럼….

얼음 아가씨와의 핫라인

우리 정부의 협상 실무팀들이 '인천공항 회군 사건'처럼 수모를 당하는 동안, 대통령과 다른 참모들은 '사람'을 찾아 기민하게 움직였다. 도널드 트럼프 대통령이 공적인 시스템보다 사적인 네트워크를 최대한 활용하는 스타일이어서다. 기독교계 지도자들을 통해 미국 교계와 연결되는 '선(線)'을 찾고, 오랫동안 미국 재계와 밀접한 관계를 유지해 온 우리 경제계 원로들을 만났다. 조금이라도 '연(緣)'이 닿으면 대통령과 비서실장, 수석들과 장관들까지 달려갔다. 나 역시 살아오면서 "전력을 다한다"는 말을 종종 해 왔지만, 그 말이 얼마나 애간장을 태워야 가능한 일이 되는지는 그때 처음 생생하게 알았다.

그즈음 미국 측과 협상을 진행하던 실무팀에서 불길한 보고가 올라왔다. 각자 소관인 상대 장관들을 맨투맨으로 만나 진행하는 협상 내용이 정작 트럼프 대통령에게는 실시간으로 보고되지 않는다는 것이었다. 미국 상무장관 대 우리 산업통상부 장관, 미국 재무부 장관 대 우리 재정경제부 장관, 미국 무역대표부 대 우리 통상교섭본부장, 미국 국무장관 대 우리 외교부 장관 등으로 각각 연결된 협상 내용이 트럼프 대통령의 책상 위에서 정리되지 않는다는 얘기였다.

이는 이재명 대통령의 지휘 아래 각 실무 협상의 내용이 실시간으로 취합되고 공유되는 우리 방식과는 전혀 다른 구조였다. 어떤 식으로든 자신들이 원하는 대답, 즉 우리의 양보를 받아 내야 트럼프 대통령에게 보고할 것이라는 뜻이었다. 그 이면에는 미국 장관들이 자신의 성과를 직속 상관인 트럼프 대통령에게 보여 주고 싶어 하는 경쟁 심리가 작용하고 있는 듯했다.

정말 그렇다면 문제는 더 심각해지기 마련이었다. 우리 장관들이 아무리 애를 써도 트럼프 대통령에게 보고되는지조차 확인할 수 없다면 협상은 막막해질 수밖에 없다. 장님 코끼리 만지듯 진행되는 협상이라면, 결국 원점으로 되돌아갈 수밖에 없었다. 한미 정상회담 일정은 이미 확정돼 있었지만, 그동안 진행된 협상의 중간 결과들이 정확히 트럼프 대통령에게 전달됐는지도 분명하지 않았다. 그때 갑자기, 강훈식 비서실장이 묘안을 떠올렸다.

"비서실장 간에 핫라인을 한번 만들어 보면 어떻겠습니까?"

"수지 와일스 비서실장과요?"

그때까지만 해도 비서실장은 한국이든 미국이든 관세 협상의 직접 실무 라인은 아니었다. 그동안 수많은 한미 간 협상과 정상회담을 겪어 왔지만, 비서실장까지 협의에 나서는 경우는 내 기억으론 없었던 듯하다.

수지 와일스는 트럼프 대통령 재선의 일등 공신으로 알려진 인물이다. 40년이 넘는 경력을 지닌 베테랑 정치 전략가로, 2024년 대선 당시 트럼프 캠프의 공동 선거대책위원장을 맡았다. 그 공로로 최초의 여성 백악관 비서실장이 된 핵심 측근 중 한 사람이고, 트럼프 대통령이 "Ice Maiden(얼음 아가씨)"라는 별칭으로 부르는 인물이기도 하다. 당시에는 그녀가 이 협상에서 어느 정도 영향력을 행사할 수 있을지 짐작조차 하기 어려웠다.

대통령의 재가를 받은 강 실장은 백악관 비서실장에게 전화를 걸었다. 통화를 원한다는 신호를 계속 보냈지만, 며칠 동안 아무런 반응이 없었다. 기다리고, 기다리고, 또 기다릴 수밖에 없었다.

속이 타들어 가던 중 수지 와일스로부터 콜백이 왔다. 강 실장은 급히 출장 보따리를 쌌다. 통상 대통령의 해외 순방 시 비서실장은 국내에 남아 현안을 챙기지만, 그런 관례를 따질 겨를조차 없을 만큼 상황은 긴박했다. 당시 이재명 대통령은 8월 23일부터 1박 2일 일정으로 일본의 이시바 시게루 총리와 회담한 뒤 미국으로 향하고 있었다.

강 실장이 인천공항을 출발한 것은 8월 24일. 강 실장은 다음 날 오전, 백악관에서 수지 와일스 비서실장과 약 40분간 면담을 가졌고, 이 자리에서 양국 비서실장 간 '핫라인'을 구축하기로 합의했다. 이 타이밍이야말로 신의 한 수였다. 이날 오후 12시 15분부터 한미 정상회담이 예정돼 있었기 때문이다.

한 편의 드라마였던 한미정상회담

자정의 트윗, 정상회담을 뒤흔들다

한미 정상회담 예정 시간은 현지 시각으로 2025년 8월 25일 12시 15분부터였다. 그런데 회담 시작 불과 두 시간 전쯤, 트럼프 대통령의 SNS인 트루스소셜(Truth Social)과 X(구 트위터)에 그가 직접 작성한 메시지가 올라왔다. 한국의 국내 상황을 강력히 비판하는 내용이었다. "Purge(숙청)", "Revolution(혁명)", "vicious raid(악랄한 단속)", "We can't do business there(우리가 그곳에서 사업을 할 수 없다)." 같은 표현이 속사포처럼 쏟아졌다. 서울은 자정이 가까운 시각이었다.

미국도 한국도 발칵 뒤집혔다. 관세 협상을 막 끝낸 일본이나 유럽에도 충격적인 소식이 연달아 전해졌다. 한밤중에 전화가 빗발쳤다. 무엇보다 트럼프 대통령이 쏘아붙인 메시지의 맥락을 파악하는 것이 급했다. 한 달여 전에 벌어진 일과 관련된 사안이었다. 7월 18일 채 상병 특검이 여의도순복음교회를 압수 수색한 일, 그리고 7월 21일 내란 특검이 오산 공군기지 내 한국 공군 제1중앙방공통제소(MCRC)를 압수 수색한 일과 관련된 것으로 확인됐다.

단순한 오해였는지, 막판까지 협상력을 높이려는 고도의 협상 전략이었는지, 아니면 누군가 한미 간 협상을 훼방 놓으려는 고의적인 '역정보'였는지조차 판단하기 어려웠다. 단순한 오해라고 보기에는 트럼프 대통령의 발언 수위가 지나치게 높았다.

"한국의 새 정부가 교회들을 악랄하게 단속(vicious raid)하고 있다는 이야기를 들었다"는 말에는 '종교 탄압'이라는 뉘앙스가 짙게 깔려 있었다. 미국은 대통령 취임식에서 《성경》에 손을 얹고 선서하는 나라다. 동맹국인 한국을 '종교 탄압 국가'로 규정하는 순간, 통상 협상은 고사하고 정상회담조차 제대로 진행될지 장담할 수 없었다. 여기에 더해 그는 "그들이 우리(미군) 군사 기지에 들어가 정보를 수집했다고 들었다. 있을 수 없는 일이다"라고 주장했고, "대한민국에서 무슨 일이 일어나고 있는 것인가? 그런 상황에서는 우리가 그곳에서 사업을 할 수 없다"며 노골적인 불만을 터뜨렸다.

분명 오해의 소지가 다분한 내용이었지만, 문제는 이것을 '누가', '어떻게', 그리고 무엇보다 '언제' 트럼프 대통령에게 해명하느냐였다. 우리 대통령이 백악관 집무실에서 트럼프 대통령과 마주 앉기 전에 이 오해가 풀려야 했다. 만약 그러지 못한다면… 상상만으로도 끔찍한 일이었다.

지난 2월, 우크라이나 젤렌스키 대통령과 트럼프 대통령이 말다툼을 벌였던 정상회담이 퍼뜩 떠올랐다. 우크라이나 전쟁을 끝낼 수 있을지를 가르는 중대한 회담이었다. 우크라이나의 광물 자원을 미국에 제공하는 대가로 안보를 보장받는 협정에 서명할 계획이었지만, 전 세계 언론의 카메라가 돌아가는 앞에서 두 대통령은 고성을 지르며 충돌했고, 서명식과 공동 기자회견이 모두 취소되는 초유의 사태가 벌어졌다.

자정을 넘긴 대통령실은 무거운 적막에 휩싸였다. 트럼프 대통령의 메시지 분석과 대응 방안을 담은 시나리오는 우리 대통령 수행팀에 전달됐다. 동행하는 참모진들도 긴급 회의를 열어 대응 방안을 긴밀하게 협의했을 것이다.

서울에 대기 중인 참모진들의 시선은 수지 와일스 비서실장과 면담 중인 강훈식 비서실장에게 쏠려 있었다. 협상과 관련해 한창 대화 중일 가능성이 있었기 때문에, 최대한 간략하게, 대화 중이더라도 한눈에 파악할 수 있도록 메시지를 선명하게 전달했다. 하지만 면담 도중에 그 내용을 충분히 이해하여 수지 와일스에게 설명하고, 그녀가 다시 트럼프 대통령을 잘 설득할 수 있을지는 확신할 수 없었다. 세 단계를 거쳐 다른 사람을 설득한다는 것, 그것도 세 개의 특검이 동시에 가동 중인 한국의 상황을 설명해야 하는 일은 사람의 계산이 닿을 수 없는, 말 그대로 '신의 영역'에 가까웠다.

피를 말리는 시간이 흘러가고 있었다. 한미 정상이 공식 회담 일정을 시작할 예정이던 시각은 우리 시간으로 새벽 1시 15분이었는데, 미국 측 사정으로 지연되고 있다는 소식이 전해졌다. TV 앞에서 손을 모아 쥐고 온 신경을 곤두세우던 서울의 참모진들은 속이 타들어 갔다. 트럼프 대통령이 행정명령에 서명한 뒤 기자들의 질문에 길게 답하느라 지연됐다는 사실을 그때는 알 길이 없었다.

더욱이 바로 그 기자회견에서 트럼프 대통령은 몇 시간 전 SNS에 올린 주장을 되풀이했다. 특유의 공격적이고 거친 말투로, 문자 메시지보다 훨씬 더 자극적인 발언을 쏟아 냈다.

"한국은 더 이상 민주주의 국가가 아니다."

"(한국의) 나의 많은 친구들이 이 문제로 내게 전화를 걸어 울먹였다."

"(한국은) 지옥으로 변하고 있다."

"(오산 공군기지 압수 수색을 다시 언급하며) 이런 식으로 우리 군을 대우한다면, 우리가 왜 그들을 지켜 줘야 하는가?"

"한국은 지금 혁명 중이거나 숙청 중인 것 같다. 이런 불안한 나라에서는 누구도 사업을 하고 싶어 하지 않을 것이다."

트럼프 대통령이 분노에 찬 어투로 방송 카메라를 향해 독설을 퍼붓고 있을 때 이재명 대통령과 수행 참모진은 이미 백악관에 도착해 공식 일정을 기다리고 있었다. 실시간으로 전달되는 트럼프 대통령의 발언을 접하며 어떤 생각과 심정이었을지는 도무지 짐작하기 어려웠다. 정상회담이 시작되기 전까지 지옥처럼 견디기 힘든 시간이 이어졌다.

장르는 서스펜스

생중계로 나오는 TV 화면을 정면으로 마주하기가 힘들었다. 트럼프 대통령이 우리 대통령을 영접해 악수를 나누고 백악관 집무실로 이동하는 동안에도, 그리고 오벌 오피스(Oval Office)에 마련된 의자에 두 정상이 나란히 착석할 때까지도 두 방망이질 치는 가슴을 진정시키기 어려웠다.

솔직히 그때까지만 해도 내 머릿속은 뒤죽박죽이었다. 이번 정상회담이 틀어지면 플랜 B, 아니 플랜 C나 D까지도 마련해야 했다. 그런데 어디서부터 어떻게 시작해야 할지 도무지 가늠할 수가 없었다. 온갖 비난과 조롱이 쏟아지는 상황이 눈앞에 그려지기도 했다. 벼랑 끝에 몰린 심정으로 TV 화면을 보고 있는데, 우리 대통령이 차분하게 우리의 사정을 설명하기 시작했다. 내 입술이 바싹 타들어 갔다.

그런데 한국의 헌법 절차에 따른 특검 수사 과정이라는 점을 진솔하게 설명하자, 어라? 화면에 비친 트럼프 대통령이 고개를 끄덕이는 게 아닌가. 내 머릿속을 가득 채웠던 혼란이 봄눈 녹듯 사그라지고 있었다. 우리 대통령이 "미군 시설이 아닌, 부대 내 한국군 시설에 대한 수사였다"는 점을 강조한 대목에 이르러, 마침내 트럼프 대통령이 "충분히 이해했다(I get it)"고 대답했을 때는 나도 모르게 탄성이 터져 나왔다. 나만 그런 게 아니었다. 모여 있던 참모진들의 얼굴에도 화색이 돌기 시작했다.

이후 두 시간 반, 회담이 진행되는 동안 나는 통째로 TV 화면에 빠져 있었다. 우리 대통령이 트럼프 대통령을 가리키며 "피스 메이커"라고 추켜세운 뒤, 자신은 "페이스 메이커"가 되겠다고 말한 대목에서는 절로 감탄이 나왔다. 이어 트럼프 대통령이 우리 대통령을 가리키며 "이 대통령은 매우 강력하고 똑똑한 리더"라고 화답했을 때는 현기증이 일 정도였다.

한미 정상 간의 첫 회담은 그렇게 극적인 드라마처럼 대미를 장식했다. 우리 대통령의 적극적이고 진솔한 해명이 통했고, 위기를 기회로 바꿨다는 것이 외교가의 전반적인 평가였다. 트럼프 대통령 특유의 협상의 기술에 휘둘리지 않았을 뿐 아니라, 초강대국 미국의 압박에도 당황하지 않고 무엇보다 굽신거리지 않은 채 당당하게 논리를 펼쳤다는 점이 부각됐다.

좋았다. 그렇게 좋을 수가 없었다. 아무것도 남아 있지 않던 대통령실에서, 말 그대로 바닥에서 출발해 불과 두 달 반 만에 세계를 뒤흔드는 통상 협상의 윤곽을 그려 낸 것이다. 눈에 핏발이 서고, 코피가 터지고, 원형 탈모에 잇몸이 주저앉고, 그러다 응급실에 실려 가면서까지 달려왔던 지난 시간들이 주마등처럼 스쳐 지나갔다. 미국과의 통상 협상은 이제 겨우 반환점을 돌았을 뿐이지만, 더 이상 밀리지 않겠다는 자신감은 분명해졌다. 그러니 그날만큼은 이보다 더 좋은 일이 없었다. 천당과 지옥을 오갔다는 말이 무엇인지, 나는 그날 비로소 알게 되었다.

운명의 신은 누구 편이었을까

"정신이 아뜩해지는 게 저도 정말 큰일 났다 싶었죠."

강훈식 실장으로부터 정상회담 당일의 긴박한 사정을 전해 들은 것은 시간이 조금 지난 뒤였다. 한미 정상회담을 마치고 귀국해 한숨을 돌린 다음이었다. 강 실장 역시 수지 와일스 비서실장과의 면담 직전에야 트럼프 대통령이 SNS에 올린 메시지를 확인했다고 했다.

원래 목적은 그동안 실무선에서 진행된 관세 협상의 내용을 일목요연하게 정리해 설명하고, 트럼프 대통령에게 어느 수준까지 보고가 올라갔는지를 최대한 확인하는 것이었다. 여지가 조금이라도 있다면 우리의 사정을 이해시키면서 비서실장 간의 핫라인을 공식화해 발표하려는 구상이었다. 협상이 최종 타결될 때까지 불필요한 혼선을 줄이고, 혹시라도 문제가 생기면 신속하게 대처하기 위한 방안이었다.

그러나 당장 새로운 급한 불이 발등에 떨어진 상황이어서 트럼프 대통령이 언급한 '한국의 상황'을 이해시키는 데 집중할 수밖에 없었다. 교회를 압수 수색한 것은 일부 종교인들이 우리 실정법을 위반한 혐의가 있었기 때문이고, 우리가 의도적으로 종교를 탄압할 이유가 없다는 점, 자유민주주의 국가인 대한민국은 종교의 자유를 헌법에 명시하고 있는 나라라는 점 등을 설명했다. 또 오산 공군기지를 압수 수색한 것도 미군 시설이 아니라, 그 기지 안에 있는 한국 공군 부대에 대한 것이었다는 점도 덧붙였다.

그렇게 설명하자 와일스 비서실장이 선선히 수긍하더라는 것이다. 그러면서 트럼프 대통령에게 별도로 보고하는 라인에서 아마 그런 보고가 올라간 것 같다고, 자기가 직접 보고한 것은 아니지만, 확인해 보고 트럼프 대통령에게 이야기하겠다고 말했다는 것이다. 이후 통상 협상과 관련한 논의를 이어 가며, 우리가 양보할 수 있는 사안과 도저히 양보할 수 없는 사안을 설명하고 백악관 측의 이해를 구했다고 했다. 그래도 마음이 놓이지 않아 면담 말미에 다시 한 번 트럼프 대통령의 메시지에 대해 언급하며, 대통령에게 잘 설명해 달라고 부탁했고, 그러겠다는 다짐도 받았다는 것이다.

이렇게 두 차례나 재확인을 했어도 안심할 수는 없는 일이어서, 강 실장 역시 조마조마한 심정으로 정상회담장에 배석했다고 했다. 정말 그녀가 자신의 설명을 충분히 이해했을까? 숨 돌릴 틈도 없이 빡빡한 일정을 소화하는 미국 대통령에게 조근조근 설명할 시간은 있었을까? 아무리 최측근이라 해도 불과 두 시간 만에 불같은 성격의 트럼프 대통령의 분노를 누

그러뜨릴 수 있었을까…. 별별 생각이 다 들어 오금이 저릴 정도였다는 것이다.

그런데 회담을 시작하자마자 언제 그랬느냐는 듯 트럼프 대통령의 말과 태도가 온화한 것을 보고, 강 실장도 속으로 깜짝 놀랐다고 했다. 자신도 모르게 건너편에 앉아 있던 와일스 비서실장을 바라봤는데, 그녀가 입꼬리를 살짝 올리며 웃음을 지어 보이더라는 것이다. '그거 봐, 내가 보스한테 이야기하겠다고 했지? 네가 몇 번이나 간곡하게 부탁해서 내가 대통령에게 얘기한 거야. 잘 기억해 둬…'라고 말하는 듯했다고 했다. 회담을 마치고 난 뒤 강 실장은 와일스 비서실장을 찾아가 정말 고맙다고 인사를 전했다고 했다.

비하인드 스토리를 모두 듣고 나서 나는 깊이 탄복했다. 아니, 무슨 신령스러운 기운 같은 것까지 느꼈다. 세 단계나 거쳐 다른 사람을 설득하는 일은 사람의 계산으로는 거의 불가능한 일이라고 생각해 왔는데, 그것이 실제로 가능했던 것이다. 세상에나! 그렇다면 그날, 혹시 '운명의 신'이 우리 쪽으로 조용히 한 걸음 다가왔던 것은 아닐까…?

정상 간 '대화가 된다'는 것의 의미

워싱턴에서 귀국한 이재명 대통령과 티타임을 하는 자리였다. 자연스럽게 한미 정상회담의 후일담이 화제가 되었다.

"트럼프 대통령, 따로 이야기해 보니 굉장히 스마트한 분이에요. 우습게 보면 큰일 납니다.”

가벼운 자리였지만 대통령의 말은 진지했다. 꽤 고령임에도 우리나라와 미국이 관련된 경제 지표와 수치를 거의 다 외우고 있더라는 것이다.

“정확하게 알고 있어요. 제가 제대로 공부 안 하고 갔으면 큰일 날 뻔했습니다.”

우리 대통령이 어떤 수치를 제시하면, 트럼프 대통령은 곧바로 반론을 제기하며 다른 관련 수치를 내놓곤 했다고 한다. 그러면 이재명 대통령도 다시 자료를 제시하며 반박했고, 그 과정에서 꽤 깊이 있는 토론이 오갔다는 것이다. 오래 사업을 해 와서 그런지 숫자에도 밝고, 양국의 현안을 꿰뚫어 보고 있더라고 했다.

“언론에서 평가하는 것처럼, 그냥 큰소리나 치는 사람으로 보고 회담에 나선 다른 나라 정상들은 감당하기 어려웠을 겁니다.”

정확한 근거를 들이밀며 설득하지 못한 나라들은 협상 과정에서 무척 괴로웠을 것이라고 했다. 유리한 수치만 내세우며 미국이 무리한 요구를 한다고 주장하는 경우에는 절대 그냥 넘어가지 않는다고 했단다. 겉으로는 막말처럼 던지는 메시지도 대부분 철저한 계산 끝에 나오는 것이라는 얘기였다.

“한편으로는 굉장히 합리적이에요. 본인이 들어 보고 이해가 되면 받아줘요. 제 생각에는 트럼프 대통령과의 협상은 기싸움의 문제가 아니라 설득의 문제라고 봐요."

대통령의 말에서 트럼프 대통령에 대한 이해의 깊이를 느낄 수 있었다. 대화가 된다고 판단하고 계신 것이었다. 실제로 트럼프 대통령도 기자들 앞에서 우리 대통령을 가리켜 "굉장히 지혜로운 사람", "똑똑한 사람"이라고 평가한 것을 보면, 두 사람이 서로에 대해 느끼는 인상이나 평가가 비슷해 보였다.

이 대목은 굉장히 중요한 이야기였다. 정상 간에 '대화가 된다'는 것은 단순한 상호 이해를 넘어, 한미 관계에서는 그 이상의 의미를 갖기 때문이다. 민주화 이후 지금까지 우리나라와 미국은 정치적 성향이나 이념적 지향이 다른 세력이 같은 시기에 집권해 온 경우가 많았다. 우리나라에 민주당 정부가 들어서면 미국에는 공화당 정부가, 우리나라에 보수 정권이 들어서면 미국에는 민주당 정부가 들어서는 식이었다. 지금도 상황은 비슷하다. 미국은 공화당의 트럼프 정부가, 우리는 민주당 정부가 집권하고 있다. 정치적 성향이 달랐던 역대 정권과 미국의 관계를 떠올려 보면, 이재명 대통령과 트럼프 대통령 사이의 이해도가 얼마나 중요한지 짐작할 수 있다.

"두 분의 티키타카가 장난이 아니었어요."

곁에서 한미 정상 간의 대화를 지켜본 우리 비서실장의 촌평이다. 공개 석상에서 공식적으로 드러난 모습뿐만 아니라, 비공개 자리에서도 두 사람의 대화가 정말 잘 이어졌다고 했다. 외교부 장관과 안보실장의 후일담도 같았다. 우리 대통령이 외교 경험이 거의 없는 편인데도 트럼프 대통령을 만나 대화를 부드럽게 이어 갔다는 것이다. 이 관계는 APEC까지 이어졌고, 결국 한미 간 통상 협상이 타결되는 데 결정적인 역할을 하게 된다.

"전례가 없으면 어때요?"

한미 정상회담을 추진하는 과정에서 작은 쟁점이 하나 있었다. 미국으로 가는 길에 일본을 방문할 것인지, 아니면 귀국하는 길에 일본을 방문할 것인지의 문제였다. 보통은 워싱턴에서 미국과의 정상회담에 전력을 기울인 뒤, 돌아오는 길에 일본에서 한일 정상회담을 했다. 일종의 관행처럼 굳어진 방문 코스였다. 일본을 거쳐 미국으로 가는 일정은 전례가 없는 일이었다. 이재명 대통령은 이렇게 되물었다.

"전례가 없으면 어때요?"

반드시 지켜야 할 원칙이 아니라면, 관행에 지나치게 얽매이지 말자는 평소 지론의 연장선이었다. 대통령이 짚은 요지는 이러했다. 미국은 우리와 일본이 원만한 관계를 유지하길 원하는 것 같다. 그렇다면 우리가 일본을 먼저 방문한 뒤 미국을 만난다고 해서 미국을 자극하는 일은 아닐 것이다. 다만, 미국보다 일본을 먼저 만나는 데 대해 국민이 어떻게 생각할지는 모르겠다….

우리 대통령의 첫 일본 방문은 명분과 실리를 모두 갖춘 회담이라는 호평을 받았다. 한일 관계 정상화라는 명분은 한일 관계가 개선되길 바라는 미국의 입장에서도 환영할 만한 일이었다. 또한 미국과의 통상 협상을 먼저 마무리한 일본으로부터 배울 것은 배우자는 이재명 대통령의 실용적 면모도 돋보였다. 당시 일본의 이시바 시게루 총리는 트럼프 대통령과 두 차례나 정상회담을 가진 경험이 있었다. 한미 정상회담에서 난제 중의 난제인 통상 협상에 도움이 된다면 누구라도 만나겠다는 우리로서는 말 그대로 '쪽집게 과외'를 받을 수 있는 기회이기도 했다. 외교 관계에서 새로운 전례를 만들어 가며, 이재명 대통령은 일본을 거쳐 워싱턴으로 향했다.

돌아보면 숨 가쁜 일정이었다. 6월 4일부터 집권을 시작한 이재명 정부는 무정부 상태나 다름없던 대통령실에서 출발해야 했다. 첫째, 붕괴된 국정 시스템을 복원해 국가가 정상적으로 돌아가게 하는 일이 급선무였다. 둘째, 2분기 연속 마이너스 성장에 내몰린 우리 경제를 회복시키는 문제와 동시에, 미국의 통상 압력을 어느 수준에서 막아 낼 것인지에 대해 골머리를 앓아야 했다. 셋째, 내란을 얼마나 신속하게 청산하고 연루된 자들을 단죄하느냐의 문제 역시 심각했다.

한미 정상회담과 한일 정상회담은 이 세 개의 파고 속에서, 그래도 반전의 계기를 마련한 전환점이 된 듯하다. 어렵게 출발한 이재명 정부에 대한 국민의 신뢰가 두터워졌고, 그 힘으로 다시 힘차게 전진할 수 있었다. 민생회복지원 1차 지급이 시작되면서 중소상공인과 자영업자들의 당장 발등의 불을 끌 수 있었다. 통상 협상은 경주 APEC이 열릴 때까지 두 달 동안 치열한 수 싸움을 벌여야 했지만, 다른 나라보다 불리한 협상은 하지 않겠다는 기준을 세웠다. 내란 재판과 연루된 자들에 대한 처벌이 확정되기까지는 시간이 더 필요했지만, 사건의 전모는 조금씩 드러나고 있었다. 처음 대통령실에 발을 들였을 때의 황망함과 분노에서는 벗어났다. 이제는 다들 지금까지보다 앞으로 또 더 잘할 수 있을 것이라는 자신감이 서서히 차오르고 있었다.

참, 슬픈 얘기

일본의 선택과 우리의 원셋

"최소한 다른 국가에 비해 더 불리한 상황에 처하지 않게 하는 것이 중요한 과제입니다."

이재명 대통령은 취임 12일 만에 G7 정상회의에 참석하기 위해 캐나다로 향하는 전용기 안에서, 미국과의 관세 협상에서 우리가 지켜야 할 가이드라인을 제시했다. 일종의 지침이라고 할 수 있는데, 대통령은 수석보좌관회의에서도 여러 차례 이 점을 강조했다.

우리가 감당할 수 있는 경제적 규모와 체력이 있는데, 그 한계를 넘어서는 수준으로 협상이 이루어지는 것은 안 된다는 요지의 말씀이었다. 우리나라의 명운이 걸린 중요한 협상이긴 했지만, 한편으로는 아주 일반론적인 언급이기도 했다. 그런데 일본이 7월 22일 미국과 협상을 타결하면서, 이 일반론은 반드시 지켜야 할 마지노선이 됐다. 일종의 '윈셋(Win-set)'이 설정된 것이다.

윈셋이란 국제 협상 결과 가운데, 우리 국가 내부(국회, 여론, 이익집단 등)에서 승인이나 비준을 받을 수 있는 모든 합의의 범위를 말한다. 윈셋이 크다면 협상 결과에 대해 국민이 수용할 수 있는 범위가 넓다는 뜻이다. 그만큼 협상이 타결될 확률도 높아지는데, 상대국에 더 많은 양보를 해 주면서 합의에 이르는 경우가 많다. 반대로 윈셋이 작다면 내부의 반대가 크거나 기준이 까다로워 수용 범위가 좁다는 의미다. 당연히 협상 타결은 어려워진다. 대신 협상 과정에서 "우리 국민은 절대 허락하지 않는다"고 강조하며 상대국의 양보를 압박할 수 있다.

그런데 일본과 미국이 합의한 협상 결과는 일본 정부와 국민의 판단이 어떠했는지는 모르겠지만, 우리로서는 이해하기 힘든 수준이었다. 거칠게 정리하면 일본 정부가 5,500억 달러를 미국이 사실상 마음대로 사용할 수 있도록 거의 조건 없이, 그것도 현금으로 내놓는 구조였다. 당시 우리 돈으로 환산하면 약 720조 원에 달하는 금액으로, 2025년 우리나라 예산 총지출 규모인 673조 원을 훌쩍 뛰어넘는 수준이었다.

아무리 우리보다 경제 규모가 큰 일본이라고 해도 저 정도를 내놓고 버틸 수 있을까? 인구가 많아 GDP는 우리보다 크지만, 1인당 소득은 오히려 우리가 조금 더 높은데 과연 감당이 가능할까…? 미국이 워낙 일방적으로 밀어붙이는 협상이었다고는 해도, 일본이 그 정도로 양보할 줄은 예상하지 못했다.

뒷말과 해명은 무성했지만, 내가 보기에는 일본의 무조건 항복이나 다름없었다. 우리가 일본의 협상 방식을 그대로 따를 수 없다고 판단한 것은 당연했다. 이재명 대통령의 원론적인 지침, 즉 "다른 국가에 비해 더 불리하지 않게"라는 기준은 자연스럽게 "일본보다 더 나은 협상 결과를 얻어 내야 한다"는 목표로 이어졌다. 앞서 언급한 윈셋이 아주 작아진 것이다. 윈셋이 작아지면 협상 타결은 그만큼 어려워진다.

알다시피, 협상 초기에 미국이 우리에게 요구한 조건은 일본과 거의 같은 수준이었다. "미국에 맞서지 않겠다"며 처음부터 꼬리를 내렸던 사람들은 모르겠지만, 이재명 정부가 그들과 같을 수는 없었다. 미국의 '엄포'를 순순히 받아들일 수는 없었다. 우리나라가 감당할 수 있는 수준이 아니라고 판단했기 때문이다.

협상을 온몸으로 밀고 나가야 했던 실무팀의 고초가 눈에 선했다. 한숨이 절로 깊어졌다. 아마 우리 대통령도, 협상에 참여했던 사람들도 같은 심정이었을 것이다.

'존버'라는 이름의 전략

우리 정부의 대응 1단계는 '버티기'라고 할 수 있다. 수세에 몰렸을 때 벌이는, 이를테면 농성전(籠城戰, 요구 조건을 주장하거나 항의하면서 버티는 싸움)에 가깝다. 원하는 결과를 얻기 어렵더라도, 지나치게 불공정한 요구를 받아들일 수는 없었기 때문이다. 국가 간의 '상도의(商道義)'가 이미 무너진 상태여서, 다른 선택지가 거의 없기도 했다.

내가 보기에 미국이 다른 나라들과 벌인 관세 협상 과정은 '방귀 뀐 놈이 성내는 것'과 비슷했다. 도대체 누가 미국을 세계에서 가장 빚이 많은 '빚쟁이 나라'로 만들었단 말인가. 어느 '간 큰' 나라가 미국의 정당한 이익을 가로채 자기들의 배를 불렸단 말인가.

나는 지금도 의아하다. 세계 최강의 패권국가인 미국이 왜 그런 인식을 갖게 되었는지 도무지 이해하기 어렵다. 미국이 하루 벌어 하루 먹고사는 나라도 아니면서, 지금처럼 상도의까지 내던진 결과를 앞으로 어떻게 수습하려는지 짐작이 가지 않는다. 내가 배워 온 세상의 법칙은 '결과적 균형'에 가깝다. 지금 넘치면 나중에 모자라고, 지금 무리하면 언젠가는 골병이 든다. 인생도 그렇다고 믿는다. 이를테면 '총량의 법칙'이다. 자신이 가진 그릇만큼 채워지는 것, 행복과 불행도, 기쁨과 슬픔도 모두 합쳐 결국 자신의 그릇을 채우게 된다는 생각이다. 지금은 고통스럽더라도 그 고비를 넘기면, 고통과는 '다른 무엇'으로 그릇이 채워진다는 것….

아무튼 버티기로 작정은 했지만, 그 버티기의 정도와 수준에 대한 이해는 사람마다 조금씩 달랐다. 내 짐작으로 우리 대통령이 염두에 둔 버티기는, 예전에 고 이외수 선생이 SNS에서 언급했던 '존버'에 가까웠던 듯하다. 우리가 진이 다 빠지더라도 받아들일 수 있는 선이 될 때까지는 끝까지 버틴다는 뜻이다(비속어가 있어서 여기서 다 풀어 쓰진 못하겠다).

그동안 미국과 여러 협상 테이블에 참여했던 분들은 좀 더 '현실적인 버티기'를 제안하기도 했다. 언론에 살짝 흘러나오기도 했는데, 농축산물 분야에서 일부 양보하는 방안이 대표적이었다. 협상을 하려면 '선물'이 있다는 신호도 어느 정도는 보여 줘야 한다는 논리였다. 버티기라는 채찍과 선물이라는 당근을 함께 활용하자는 계산이었다. 그렇다면 우리 대통령의 대답은?

"절대 안 된다!"

처음부터 그렇게 선을 딱 그으셨다.

내가 직접 대통령께 여쭤본 적은 없지만, 아마도 조금이라도 물러설 여지를 남기면 결국 끝까지 밀릴 수밖에 없다고 판단하신 게 아닐까 싶다. 우리의 버티기가 미국에 휘두르는 '채찍'이 되지도 못하고, 농축산 분야의 양보 역시 '당근'이 되기에는 '택도 없다'고 보셨을 수도 있다. 하긴, 미국이 우리에게 처음 내민 청구서가 5,500억 달러였으니 말이다.

우리의 버티기 전략이 결국 존버라는 점이 분명해지자, 당장 협상 테이블에 앉아야 할 실무팀들은 속이 탈 수밖에 없었다. 오죽 답답했으면 정무수석인 나를 찾아왔겠는가. 미국과의 협상 경험이 '1'도 없는 사람에게 말이다.

"지금까지 미국과 협상하면서 저쪽이 원하는 걸 주지 않고 다른 걸 따낸 적이 없어요."

"그렇긴 합니다만, 그 패러다임을 바꿔 보자는 게 대통령님의 생각이시라…."

"저도 잘 압니다. 그런데 그러면 못 버팁니다…."

농담 반, 진담 반으로 답답한 속을 털어놓는 자리였지만, 그분의 얼굴은 보기에 딱할 만큼 어두웠다.

"일단 버틸 만큼 버텨 보시죠. 그리고 대통령께 보고하시면 되지 않겠습니까?"

"아, 정무수석께서 좀 도와주셔야지."

"제가 도울 수 있는 거라면 뭐든 말씀하세요. 그런데 저도 대통령님하고 생각이 같거든요."

그러면서 우리는 한참을 웃었다. 그렇게 한바탕 웃고 나서 그분은 내 방을 나섰다. 뒷모습이 참으로 고단해 보여 마음이 아팠다. 그 짐을 어떻게든 나누고 싶었지만 마땅한 방법이 없었다. '사람 좋아 보이는' 정무수석에게라도 그렇게 속을 좀 풀고 가기를 바랐을 뿐이다.

"국력을 키워야겠습니다"

일본과의 협상에서 원하는 결과를 만들어 낸 미국의 협상 담당자들은 더욱 기세가 올랐다. 한때 미국과 세계 경제를 양분했던 일본도 꺾었는데, 한국쯤이야 쉽게 항복을 받아 낼 수 있겠다고 여겼는지도 모르겠다.

그럴수록 협상 테이블을 둘러싼 공기는 거칠어졌고, 협상은 매번 아슬아슬한 고비를 넘겼다고 한다. 우리 협상팀의 면면을 감안하면 '안 봐도 비디오'였다. 아마 쌍욕과 드잡이질만 빼고 할 수 있는 일은 다 했을 것이다. 실제로 어느 분은 미국의 장관과 서로 언성을 높이며 충돌했고, 삿대질까지 주고받으며 한두 차례는 '벤치 클리어링(bench-clearing, 집단 몸싸움)' 직전까지 갔다고 했다.

말은 쉽지 '버티기', 농성전(籠城戰)은 정말 힘들다. 상대가 압도적인 공격력을 갖고 있을 때는 더욱 그렇다. 작은 전투 하나 치르지 않고 버틸 수는 없다. 대통령이 내린 지침을 어길 수는 없으니, 협상 때마다 파열음이 나는 것은 어찌 보면 필연이었다. 우리가 조금은 세게 나가야 저쪽도 '아, 이쪽이 정말 힘든가 보다' 하고 받아들이지 않겠느냐는 속내도 있었던 듯하다.

협상팀의 절박한 사정은 백번 이해하고도 남았지만, 그래도 그런 '전황(戰況)'을 보고하는 자리는 무거울 수밖에 없었다. '버티기' 전략의 핵심 요소는 시간인데, 언제 반전의 계기가 찾아올지는 누구도 예측할 수 없었다. 시간이 우리 편이 될 때까지 버틴다? 우리 금융시장의 반응부터 이미 비관적으로 기울고 있었다. 어차피 안 될 것 같다, 판 자체가 깨져 더 큰 보복을 당할 수 있다, 그럴 바에는 조금 더 양보하고 빨리 타결 짓는 게 낫지 않느냐는 말들이 흘러나왔다.

이런 분위기가 갈수록 두드러진 데에는, 협상의 중심에 선 미국의 상무장관과 재무장관이 모두 뉴욕 월스트리트 출신이라는 점도 작용했을 수 있다. 하워드 러트닉(Howard Lutnick) 상무장관은 글로벌 금융 서비스 기업의 회장 겸 CEO 출신으로, 별명이 '관세 전도사'일 정도로 협상 테이블을 공격적으로 운영했다. 스콧 베선트(Scott Bessent) 재무장관은 전설적인 투자자 조지 소로스가 이끄는 '소로스 펀드 매니지먼트'의 투자 책임자(CIO) 출신이다. 거대 헤지펀드를 운용하며 억만장자가 된 인물이다. '돈'과 관련된 협상의 전문가들이었다.

사면초가의 지경에 몰린 상황에서도, 전 과정을 끝까지 버틴 사람은 이재명 대통령이었다. 한미 관세 협상의 우리 쪽 수장으로서 한 번도 흔들린 적이 없었다. 다만 협상과 관련해서는 회의 석상이나 사석에서 한숨과 한탄, 울분을 토로한 적은 있었다.

"그래도 명색이 우방이라면서 우리한테 이렇게까지 하는 게 맞나요?"

"그 사람들이 그렇게 막무가내인가요? 아이고, 제가 너무 고집을 부려서 여러분이 욕을 다 보시고…."

우리 정부가 버티기 전략을 넘어 적극적인 설득 전략을 병행하던 와중에도, 미국의 압박과 무례는 이어졌다. 구윤철 재정경제부 장관의 '인천공항 회군 사건', 김정관 산업통상자원부 장관의 '러트닉 추적 사건' 등이 그 뒤를 이었다.

7월 31일, 마침내 한미 간 통상 협상 1단계 타결 소식이 전해졌다. 상호 관세 25%를 15%로 낮추고, 조선업 협력 1,500억 달러를 포함해 총 3,500억 달러(약 480조 원)를 투자한다는 내용이었다. 우리가 바라던 결과는 아니었지만, "선방(善防)했다"는 평가가 이어졌다.

그리고 그날, 이재명 대통령은 그동안의 협상 과정에서 느꼈던 감정들을 공개적으로 털어놓았다. 고위공직자 워크숍에서 특강을 하면서였다. 늘 그렇듯 농담과 사실을 섞어 말했다.

"가만히 있으니까 진짜 가마니인 줄 알더라. 말을 하면 협상에 악영향을 줄까 봐 침묵했지만, 밤새 보고를 받으며 치아가 흔들릴 정도로 노심초사했습니다."

"이번 협상을 하면서 이 나라의 국력을 키워야겠다는 생각을 절실히 했습니다."

사실 "국력을 키워야겠다"는 말은 협상 관련 회의를 마친 어느 날, 불쑥 입 밖으로 나오기도 했다. 협상 내용을 하나하나 전해 들으며 약소국의 비애를 절감했기 때문일 것이다. 강대국이 요구하면 응할 수밖에 없는 현실이 너무 가슴 아프다는 뜻이었다. 참모로서, 그 말에 담긴 서글픔의 깊이가 느껴져 잠시 가슴이 먹먹해졌다.

어제와는 다른 자리에서

달라진 위상, 달라져야 할 시선

제33회 APEC이 열리는 우리나라 경주에 세계의 눈과 귀가 집중되었다. 이유는 두 가지였다. 하나는 '마스가(MASGA) 프로젝트'로 알려진, 한국이 미국 조선 산업에 투자하는 방식을 미국이 얼마나 수용하느냐는 점이었다. 다른 하나는 6년 만에 성사된 미국과 중국의 정상회담이었다.

미국이 관세를 앞세워 새로운 무역 협상을 시작했을 때 주요 상대는 EU와 일본, 그리고 한국이었다. 미국이 세계 경제 질서를 새롭게 재편하는 과정에서 초기에 반드시 포함해야 할 나라로 우리를 꼽았다는 사실은 의미가 크다. 미국의 정치·경제적 글로벌 전략에서 핵심 파트너 역할을 인정받았다는 뜻이기 때문이다.

미국에 거액을 투자하는 세 파트너 가운데, 미국의 특정 산업을 복원하는 데 핵심 역할을 맡은 나라는 한국이 유일하다.

EU는 러시아에 의존하던 에너지 수입을 미국으로 전환하는 데 막대한 규모를 투자하고 있다(향후 3년간 7,500억 달러). 일본은 5,500억 달러를 미국에 투자하지만, 반도체·양자컴퓨팅·AI 분야의 미국 내 제조 시설 확충 등으로 투자가 분산된다. 우리가 미국에 투자하는 3,500억 달러 가운데 1,500억 달러를 조선 산업에 집중하는 것과는 성격이 다르다.

7월 31일, 이런 내용의 1단계 협상 결과가 나왔을 때 나는 중국과의 패권 경쟁 속에서 한국의 제조업 역량이 미국에 얼마나 중요한 '아킬레스건'인지 공식적으로 확인한 것이나 다름없다고 생각했다. 그리고 이러한 일련의 사실들을 공식화한 자리가 바로 APEC 기간에 열린 한미 정상회담이었다. 무려 다섯 달 동안 밀고 당기기를 거듭했던 한미 간 무역 협정이 마침내 최종 타결된 것이다. 1단계 협상안과 크게 달라진 내용은 없었다. '팩트 시트'를 작성하지 못했으니 협상 결과를 알 수 없다며 비난하던 목소리들도 그제야 잦아들었다. 한국과 미국 사이에 관세를 매개로 한 새로운 무역 규칙을 만드는 데 꼬박 다섯 달이 걸린 셈이다.

그 거칠고 지난한 협상 과정을 지켜보며, 외부의 시선에 대해 섭섭함을 느낀 대목도 적지 않았다. 경주 APEC에서 한미 정상회담이 열리기까지 온갖 억측이 난무한 것도 그렇다. 트럼프 대통령이 참석하지 않을 것이라는 주장이 대표적이었다. 트럼프 대통령이 일본을 방문한 뒤 경주에 도착하는 일정을 두고도 말들이 많았다. 한국보다 일본을 더 중시한다는 해석이었다. 심지어 일본에서는 이틀을 묵고 한국에서는 하룻밤만 머문다는 사실을 두고서도 논란이 이어졌다.

물론 트럼프 대통령이 방문 일정을 늦게 확정하면서 빚어진 소란이기는 했다. 그렇다고 해도, 적어도 외교·안보와 직결된 사안만큼은 당국의 판단과 설명을 존중했어야 하지 않았을까 싶다. 협상 테이블에서 곤욕스러운 시간을 버텨 온 실무자들부터 성공적인 정상회담을 위해 사소한 순간까지 최선을 다했던 사람들의 마음을 조금이라도 헤아려 주었으면 한다.

무엇보다 어제와는 분명히 달라진 우리나라의 위상을 한 번쯤은 고려할 수 없었을까. 밖에서 바라보는 한국은 결코 작고 호락호락한 나라가 아니다. 미국과의 치열했던 협상 과정을 돌아보면 더욱 그렇다. 이제라도 그 위상에 걸맞은 마음 씀씀이를 보여 주었으면 좋겠다.

집요함과 절박함

어느 정부에서나 미국과의 정상회담을 준비하는 과정은 치밀하다. 집권 초 가장 먼저 일정을 잡을 만큼 한미 관계가 중요하기 때문이다. 이는 국내 정치와 경제는 물론 특히 대북 관계나 중국·일본과의 관계 설정에도 큰 영향을 미친다. 외교도 정치도 결국 사람이 하는 일이라 정상 간 개인적인 호감과 관계 설정이 의사 결정에 영향을 주기도 한다. '첫인상이 좋으면 끝도 좋다'는 말이 괜히 있는 게 아니다.

이재명 정부에서는 관세 협상이라는 큰 현안이 걸려 있어, 준비 단계부터 마무리될 때까지 매 순간 살얼음을 걷는 심정으로 공을 들였다. 시간을 분과 초 단위로 쪼개 시나리오를 준비했다. 대통령은 과거 정상회담의 사례를 충분히 참고하고 숙지했다. 트럼프 대통령의 스타일상 예상되는 돌발적인 행동과 질문에도 대비했는데, 이재명 대통령은 트럼프 대통령에 관한 책을 거의 섭렵했다고 들었다. 취임과 동시에 '열공'을 했다고 하니, 그 북새통 속에서도 언제 그런 시간을 냈는지 참 신기했다.

이재명 대통령 비서실의 특징을 한마디로 표현하자면, 나는 '집요함'이라고 생각한다. 관세 협상 전체를 관통한 콘셉트 역시 집요함이었다. 싸우고 낙담하고, 쫓아갔다가 허탕을 치면서도 끝까지 포기하지 않고 물고 늘어진 모습을 설명할 다른 말이 떠오르지 않는다. 그리고 그 집요하게 달려든 마음의 바탕에는 절박함이 끈적하게 깔려 있었다. 미국이 원하는 대로 하다가는 나라가 결딴날지도 모른다는 절박감, 국력을 더 키워야 한다는 절박감, 지난 3년 동안 엉망이 된 나라를 정상으로 되돌려야 한다는 절박함….

이 절박한 감정은 종종 주변 사람들에게 전염되기도 한다. 붉게 충혈된 눈을 비비며 인천공항으로 달려가던 비서실장들의 모습을 보면서 나부터 그랬다. 자정이 넘도록 협상 과정과 미국 측 반응을 묻고 또 묻다가 고개를 젓고 한숨을 내쉬던 우리 대통령을 보고 있노라면, 감염되지 않을 도리가 없었다.

나만 그런 게 아니었다. APEC 정상회의가 열리던 경주에서 각국 정상들을 수행하던 사람들 모두가 그랬다. 단순히 일당을 받고 맡은 일을 해내는 수준이 아니었다. 만찬 테이블을 세팅하던 분들이나 안내를 맡았던 이들, 뒷정리를 담당한 사람들까지 모두가 한마음이었다. 회담 결과가 조금이라도 우리에게 유리하게 나오기를 바라는 마음이 냅킨 한 장을 놓는 손끝에도 묻어나는 듯했다. 저마다 할 수 있는 최선을 다하려 애쓰는 모습이 눈물겹게 느껴졌다.

이런 집요함과 절박함이 모여 미국과의 관세 협상에서도 "선방"이라는 결과로 이어졌을 것이라고 나는 믿는다. 결정적인 한 수는 아니었을지라도 협상 분위기를 한층 긍정적으로 만드는 데는 분명 기여했을 것이다. 그래서 회담을 마치고 돌아간 트럼프 대통령뿐 아니라, 미국 측 수행원들까지도 "정말 환대를 받았다"는 후일담을 남기지 않았을까 싶다.

나중에 우리 외교관에게서 들은 이야기 역시 비슷했다. 협상 파트너였던 미국의 장관들조차 내심 크게 놀랐다는 것이다. 이번 협상 과정에서 한국은 정말 "원팀"이었다고 했다. 기업인과 종교인, 미국 내 한인 사회의 리더들까지 모두가 한목소리로 말했다는 것이다. "한국을 도와 달라, 미국이 하자는 대로 하면 한국이 위험해진다…".

다른 나라들과 협상할 때는 이해관계에 따라 말이 조금씩 달랐는데, 한국은 그렇지 않았다고 했다. 보통 기업인들은 기업의 이익을 최우선으로 내세우기 마련인데, "한국은 좀 이상했다(?)"는 평가까지 나왔다는 것이다. 보고를 받은 이재명 대통령이 환하게 웃었다.

"이번엔 정말 다들 노력했고, 정말 고생들 하셨습니다."

협상이 타결되고 나서야 대통령의 표정은 눈에 띄게 편안해졌다. 참모들도 그제야 한숨을 돌렸다. 대통령이 워낙 빡빡하게 외교 일정을 잡는 통에 수행원은 물론이고 동행한 취재 기자들까지 혀를 내두를 정도였기 때문이다. 대통령 역시 감기 몸살로 하루를 쉬지 않을 수 없었다. APEC을 무사히 치르고, 국회에서 정부 예산안 관련 시정연설까지 마친 뒤였다. 우리 대통령의 별명이 '워커홀릭'인 이유다.

트럼프 와이너리

어쨌거나 내가 가장 중요하게 여기는 장면은 경주 APEC에서 한국과 미국의 대통령이 관세 협상에 합의하던 순간이다. 거대한 폭풍우 속에서 악전고투를 벌이다가, 순간 기적처럼 바람이 잦아드는 느낌이었다. 아마 다들 비슷하게 느꼈으리라 짐작한다. 결과가 좋았으니 호평도 줄을 이었을 것이다.

이런 호평에 숟가락 하나 얹는 기분으로 에피소드를 하나 소개해 보려 한다. 정상회담이 열리기 며칠 전, 평소 잘 알고 지내던 지인에게서 연락이 왔다. 트럼프 대통령과의 만찬 때 술은 무엇으로 준비하느냐고 묻는 전화였다. 우리의 전통주와 와인을 사용할 것 같다고 답했더니, 그럴 줄 알았다는 듯 신박한 제안을 하나 내놓는 것 아닌가.

트럼프 대통령의 둘째 아들이 '트럼프 와이너리(Trump Winery)'라는 회사를 운영하는데, 트럼프의 이름을 딴 와인이 있다는 것이다. 그 제품을 만찬주로 올리면 어떻겠느냐는 제안이었다. '엉? 그런 게 있었던가?' 귀빈을 접대하는 자리인 만큼, 사소한 것 하나라도 트럼프 대통령의 비위에 맞추는 건 기본이었다. 자세히 물어보니, 구해 줄 수도 있다는 것 아닌가. 그 와인을 수입하는 사람을 잘 안다는 것이었다. 서둘러 다섯 병을 구해 의전팀에 전달했다.

트럼프 대통령은 술을 입에 대지 않는다. 어느 나라를 방문하든 건배는 늘 콜라로 대신한다. 그런데 그날 만찬에서는 와인잔을 들었다. 입술에 살짝 대기만 하고 내려놓았지만, 이 장면은 외교가의 호사가들과 지지자들에게 '빅뉴스'가 됐다. 어디에서 그런 일이 있었느냐, 누구와 식사하던 자리였느냐, 건배사는 무엇이었느냐, 입술만 댔다는데 정말 한 모금도 마시지 않았느냐 등등 질문이 이어졌다.

내게 트럼프 와이너리를 연결해 준 그 지인 역시 트럼프 대통령과 미국에 대한 관심이 남달랐으니 그런 제안을 했을 것이다. 와인 한 방울이라도 협상에 도움이 되기를 바라는 마음이 없었다면 불가능한 일이었다. 그런 '지극한' 마음들이 끈처럼 이어졌다. 임진왜란 때 이순신 장군의 요청에 마을의 부녀자들이 모두 나와 손에 손을 잡고 강강술래를 돌았던 것처럼 말이다.

슬픈 승부사

앞서 말했듯 관세 협상에서 우리의 1단계 전략은 '버티기'였다. 곁눈질하는 사람들에게는 '무대뽀'(?)처럼 보였을지 모르지만, 그것이 얼마나 힘든 과업이었는지는 앞에서 소개했다. 물론 이 전략을 채택한 사람은 우리 대통령이었다. 협상팀을 비롯한 참모들이 죽기 살기로 협상을 밀고 갈 수 있었던 것도, 그 뒤에서 대통령이 든든하게 받치고 있었기 때문이다. 모토는 단순했다.

"그래도, 버틴다!"

그러나 협상팀이 그렇게 버티는 동안 한편으로는 얼마나 가슴을 졸였겠는가. 미국이 어떤 나라인가. 우리 세대는 어릴 적부터 미국이 기침하면 우리나라는 감기 몸살을 앓는다는 말을 듣고 자랐다. 미국의 은혜로 지금의 대한민국이 있다는 말도 귀에 못이 박히도록 들어 왔다. 그러니 전임 정부에서 총리까지 지낸 사람이 "미국과 맞서지 않겠다"는 말을 쉽게 할 수 있었던 것이다.

그렇다면 그 전 과정을 지휘했던 대통령의 심정은 어떠했

을까. 협상이 한창 난항에 빠졌을 때 우리는 그야말로 사면초
가였다. 참모들은 주어진 과제를 충직하게 수행하면 되지만,
최종 책임은 대통령이 질 수밖에 없다. 미국과의 협상이 끝내
실패한다면 그 후폭풍은 상상조차 하기 어렵다. 미국이 우크
라이나를 궁지로 몰아넣은 상황과는 비교조차 되지 않을 것
이다.

협상에 참여했던 실무팀은 이구동성으로 이재명 대통령의
강단과 뚝심에 혀를 내둘렀다. 대통령이 조금이라도 흔들렸다
면 끝까지 버틸 수 없었을 것이라고 했다. 어떤 이는 이재명 대
통령의 승부사 기질을 높이 평가하기도 했다.

그러나 내 생각은 조금 달랐다. 일국의 대통령이 승부사의
역할을 떠맡아야 하는 상황 자체가 어떻게 보더라도 정상적이
지 않다. 대통령은 칼을 차고 전투에 나서는 장수가 아니다. 또
그래서는 안 된다. 상대가 미국이었고, 상식으로는 납득하기
어려운 억지를 밀어붙이는 협상이었기에 그런 국면이 만들어
졌을 뿐이다.

그래서 나는 '승부사 이재명'을 지나치게 강조해서는 안 된
다고 생각한다. 우리 대통령이 무심코 내뱉듯 말했던, "국력을
더 키워야겠다"는 말의 속내를 모두가 곱씹어 봤으면 한다. 내
가 보기에 이번 미국과의 협상은 '슬픈 승부사 이재명 대통령'
을 만들어 낸 사건이기도 했다.

플러스 알파를 끌어내는 외교 센스

21대 대선에서 이재명 후보가 당선되었을 때 안팎의 공통된 우려는 '외교'였다. 국회 경험도 짧았지만, 외교 분야는 국회 상임위 활동이 전부였다. 그것도 22대 국회 전반기였는데, 당시에는 당대표여서 외교통일위원회 위원으로서조차 '간접 경험'을 쌓기 어려웠다. 취임 12일 만에 캐나다 G7 정상회의에서 국제 외교 무대에 오르기까지 정말 말이 많았다. 이후 트럼프 대통령과의 두 차례 정상회담을 아주 성공적으로 마무리할 때까지도 그랬다.

세간의 우려와 달리, 현장에서 본 이재명 대통령은 놀라울 정도로 능숙했다. 참모진이 준비한 대화의 구성을 슬쩍 넘어 즉흥적인 애드립을 엮어내는 솜씨도 뛰어났다. 대화하는 동안 상대방이 좋아할 만한 소재를 잘 끌어내고 맥락을 엮어 농담을 주고받는 모습을 보면, 외교 전문가들조차 고개를 젖히며 폭소를 터뜨리곤 했다.

정상 간의 만남에서 미소는 기본이다. 그러나 웃음이 터져 나오는 장면은 흔치 않다. 농담과 유머는 맥락이 중요하고, 나라별 문화적 코드가 다른 경우도 많기 때문이다. 또 단어 하나, 문장 하나의 의미를 곱씹으며 집중해야 하는 회담의 성격상 농담에 신경 쓸 여유도 부족하다. 통역이 그런 뉘앙스까지 살려 전달하기도 쉽지 않다.

그런데도 우리 대통령과 정상회담을 하는 상대국 정상들이 가끔 크게 웃는 장면이 포착된다. 유엔 총회에서 접견했던 인도의 모디 총리나 G20에서 재회했던 남아프리카공화국의 라마포사 대통령이 그런 사례다. 가장 대표적인 인물은 중국의 시진핑 국가주석이다. 경주 APEC에서 이재명 대통령과 시진핑 주석이 샤오미 스마트폰을 선물로 주고받으며 나눈 대화는 압권이었다.

그날 시 주석은 이재명 대통령에게 최신형 스마트폰인 샤오미 15 울트라 두 대를 선물했다. 스마트폰을 소개하며 디스플레이는 삼성 제품을 사용했다고 설명했다. 그러자 휴대전화를 살펴보던 우리 대통령이 "이거 통신 보안은 잘 됩니까?"라고 농담을 건넸다. 미국이 중국산 전자·통신 제품에 '백도어'가 있다고 공격해 온 점을 빗댄 것이었다. 시 주석은 여유 있게 받아쳤다.

"백도어가 있는지 직접 한번 확인해 보시지요."

그러자 두 정상이 박장대소하며 웃는 모습이 전 세계에 전파됐다. 한국과 중국 사이에 미묘하게 흐르던 분위기를 단번에 정리한 명장면이었다.

우리 외교관들이 놀란 것은 물론이고, 중국 내부도 적잖이 술렁였다고 한다. 시진핑 주석은 좀처럼 웃지 않는 지도자로 알려져 있다. 그런 인물이 한국 대통령과 함께 환하게 웃는 장면을 연출했다는 것 자체가 '사건'이었던 셈이다. 지난 1월 중국에서 두 번째로 만났을 때도, 그 '문제의 샤오미폰'으로 셀카를 찍는 장면이 큰 화제가 됐다. 이재명 대통령의 즉석 제안으로 두 정상 부부가 활짝 웃으며 셀카를 찍은 장면은 무척 상징적이었다. 우리 대통령의 애드립이 다시 한번 빛난 순간이기도 하다.

워싱턴 한미 정상회담에서 나왔던 "피스메이커(peacemaker)"와 "페이스메이커(pacemaker)" 발언도 마찬가지다. 피스메이커, 즉 평화를 만드는 중재자라는 표현은 트럼프 대통령이 자신의 역할을 설명하며 자주 사용하던 말이어서 그렇다 치더라도, 페이스메이커, 즉 속도와 리듬을 조율하는 보조자라는 표현은 전적으로 이재명 대통령의 '작품'이었다. 시의 압운(押韻)처럼 여운이 남도록 대화의 흐름 속에 적절히 배치한 것은 말과 언어에 대한 감각 덕분이었을 것이다. 그 한 단어를 정상회담에서 자연스럽게 쓰기 위해 얼마나 공을 들였을지는 짐작하기조차 어렵다. 분명 전력을 다했을 것이다.

나는 생생하게 기억한다.

"미국은 이재명 대통령을 좌파로 알고 있을 것이다."

"아마 트럼프 대통령과 만나기 힘들 것이고, 만나더라도 크게 다툴 것이다."

"미국이 협상하는 모양을 보니, 한국은 정상회담에서 혹이라도 더 붙이지 않으면 다행일 것이다…."

그토록 헐뜯고 비난하던 사람들 가운데 아직도 사과 한마디 하지 않은 이들이 대부분이다. 나 역시 사람이니 뒤끝이 없을 수는 없다.

간절하면 하늘도 움직인다

인생사는 운칠기삼(運七技三)이라고 한다. 운이 7할이고 재주는 3할이라는 뜻이다. 돌아보면 한미 간 관세 협상에도 행운이 따랐던 것 같다. 그런데 아무리 운세가 좋아도 노력과 재주가 없으면 '빛 좋은 개살구'라는 말도 있다.

내가 생각하는 행운 가운데 가장 큰 것은 '사람'이다. 이재명 대통령의 용인술이 가장 빛난 대목이기도 하다. 첫 인선을 보면 컨트롤타워 역할에는 경험 많은 인물을 세우고, 경제 분야에는 기업인 출신들을 배치했다. 처음부터 그렇게 방향을 잡았다고 볼 수 있다. 강훈식 비서실장이 인사추천위원장을 겸하고 있어 재계 사정에 밝은 인사들과 전문경영인들을 만나 명단을 추렸다고 한다. 그러니 입각 대상자를 직접 만나기 전까지는 대통령도, 비서실장도 서로 일면식이 없었다. 이런 과정을 거쳐 산업통상자원부 장관으로 임명된 인물이 김정관 장관이다. 결과적으로 이 선택은 신의 한 수가 되었다.

미국과의 협상에서 김정관 장관의 활약상은 이미 널리 알려져 있다. 앞서 언급한 대로 트럼프 대통령조차 그를 "터프한 협상가"라고 치켜세우며 엄지손가락을 들어 보이기도 했다. 스코틀랜드의 골프장까지 추격전을 벌여 하워드 러트닉 상무장관과 면담을 성사시킨 파이터였다.

그런데 김 장관은 원래 행정고시 출신으로 기획재정부 정책기획관을 지낸 공무원이다. 이후 두산그룹으로 자리를 옮겼다가 다시 공직으로 돌아온 이력의 소유자다. 조금 앳돼 보이는 얼굴에 두 눈이 별처럼 반짝이는 인상이다. 처음 마주하면 "터프하다"는 트럼프 대통령의 평가가 쉽게 떠오르지 않을 수도 있다.

김 장관의 '러트닉 추적기'는 앞에서 간단히 소개했지만, 그의 진짜 강점인 공감력이 발휘된 건 9월이었다. 9·11 테러 24주기 추도식에 참석한 일이 계기가 됐다. 이 장면에는 하워드 러트닉 미 상무장관의 아픈 가족사가 얽혀 있다.

러트닉은 원래 캔터 피츠제럴드(Cantor Fitzgerald)라는 글로벌 금융 서비스 기업의 회장 겸 CEO다. 2001년 9·11 테러 당시 월드트레이드센터에 있던 본사 직원 658명을 잃는 비극을 겪었다. 그 희생자 가운데에는 사랑하는 동생도 있었다. 이후 회사를 재건한 뒤에도 그는 매년 9·11 추도식에 참석하며 희생자들을 기려 왔다고 한다.

김 장관은 러트닉에게 "협상 이야기는 하지 않겠다. 추도 예배에만 참석하겠다"는 문자를 보냈고, 러트닉은 그를 초대했다. 추도 예배에 참석해 사연을 들으니 가슴이 아파 1,000달러를 기부하고 돌아왔다고 한다. 그런데 그날 밤 러트닉에게서 전화가 왔다. 기부자 명단을 살펴보다가 혹시나 해서 확인 전화를 걸어온 것이었다. 김 장관이 그렇다고 하자 고맙다며 다음 날 아침 약속을 잡았다는 것이다.

그때는 후속 협상인 팩트 시트 작성이 완전히 교착 상태에 빠져 있던 시점이었다. 협상을 의도한 자리는 아니었지만, 러트닉의 추도식에 참석한 일을 계기로 대화는 다시 급물살을 탔다. 그동안 미동도 없던 운명의 신이 서서히 우리 쪽으로 움직이기 시작했다고 해도 과언이 아니었다.

더 인상 깊었던 대목은 김 장관이 기획재정부 근무 시절 우리나라의 IMF 외환위기를 직접 겪으며 그 혼란과 국가 부도의 위기를 생생히 목격했다는 점이다. 협상 과정에서 미국 측이 3,500억 달러를 일시금으로 투자하라고 압박했을 때 김 장관이 꺼내 든 카드가 바로 그 외환위기의 기억이었다고 한다.

"그렇게 되면 한국은 25년 전처럼 국가 부도 사태를 맞게 됩니다. 당신들은 단지 우리의 돈이 필요할지 모르지만, 한국은 무너지고 맙니다. 한국이 무너지면 그게 당신들에게 무슨 이익이 됩니까?"

러트닉과 미국 협상팀으로서는 전혀 예상하지 못한 문제 제기였다. 김 장관은 자신이 직접 겪은 상황을 있는 그대로 설명했다. 그의 이야기를 한참 듣고 나서야 비로소 무슨 뜻인지 이해하겠다고 답하더라는 것이다. 우리가 겪은 외환위기를 협상 테이블 위에서 지금까지의 논의 맥락에 맞게 설명할 수 있는 사람이 마침 그 자리에 있었던 셈이다.

이 설명은 이후 협상 과정에서 결정적인 역할을 했다. 우리의 제안이 단순히 총액을 깎으려는 시도가 아니라는 점을 미국 측이 이해하게 됐고, 일시불이 아닌 분납 형태의 투자 방안도 받아들여졌다. 더 나아가 협상 전반의 조건을 완화하는 이른바 '톤 다운'으로 방향을 전환하는 계기가 되었다.

물론 우리 대통령이 이런 모든 가능성을 미리 검증하고 김 장관을 임명한 것은 아닐 것이다. 김 장관의 이야기를 들으며 나는 순간 울컥했다. 보이지 않는 어떤 힘 같은 것이 작용했다고 느꼈다면 그것은 조금 오버일까.

이처럼 눈에 보이는 최선의 노력과 잘 보이지 않는 기이한 인연들이 서로 얽히고설키며 우리는 폭풍의 한가운데를 지나왔다. 간절하면 하늘도 움직인다는 말이, 괜히 나온 말은 아닐 것이다.

세 번 만나, 세 번을 끄덕이다

무명의 정치인과 토요일 브리핑

이재명 대통령의 기억력에 자주 놀란다. 언젠가 대통령의 외국 순방을 환송하기 위해 공항에 나갔을 때였다. 보통 비행기에 오르기 전에 15분 정도 환담 시간을 갖는다. 내 기억으로는 그때 순방국 대사와 외교부 차관이 영접했고, 비서실장이 배석했던 것 같다.

가벼운 얘기를 주고받던 대통령이 갑자기 나를 바라보며 물었다.

"정무수석이 처음에 나 부대변인 시켜주지 않았나요?"

아주 오래전에 그런 적이 있긴 한데, 까맣게 잊고 있던 일이었다.

"아, 그걸 아직도 기억하십니까?"

"그럼요. 그때 다른 사람들은 아무도 신경 안 쓸 때 그렇게 신경 써줘서 내가 본격적인 정치 활동을 하게 됐는데요."

대통령을 배웅하고 돌아오면서 그때의 일을 차근차근 되짚어 보았다.

그때가 아마도 2010년 초였다. 당시 나는 원외였고, 정세균 당의장 체제에서 대변인을 맡고 있을 때였다. 어느 날 누가 나를 찾아왔다. 그전부터 이름 석 자는 서로 알고 있었고, 밥을 나누기도 해서 형, 동생으로 부르던 사이였다.

"형님, 내가 성남시장에 나갈 생각인데 당직이 있으면 좋겠습니다. 당내에 명함이라도 뿌릴 수 있게 좀 도와주십시오."

대변인은 권한이 큰 자리가 아니고, 할 수 있는 게 겨우 부대변인 자리를 만드는 정도여서 좀 머쓱했다. 게다가 활동비라도 줄 수 있는 상근 부대변인은 당 지도부가 임명하는 자리여서 이미 임명이 끝난 뒤였다. 비상근 부대변인은 내가 어떻게 마련할 수 있었다.

"내가 드릴 수 있는 건 비상근 부대변인인데, 그거라도 한번 해 보시겠어요?"

"그래도 명함에는 쓸 수 있지 않습니까?"

당직이니 당연히 명함에 현직 경력으로 쓸 수 있었다. 그래서 자리를 만들어 드리겠다고 했다.

"그것만 줘도 고맙습니다."

그런데 내가 왠지 좀 미안했다. 출마한다는 사람에게 뭐라도 더 도와주고 싶은 마음이 들었다. 그래서 작은 제안을 하나 했다.

"토요일 오후쯤에 나와서 직접 카메라 브리핑을 해 보는 건 어떠세요?"

"아, 그래도 되겠습니까?"

"제가 다른 부대변인들한테 양해를 구해 볼게요."

일요일은 신문이 안 나오니까, 전날인 토요일은 보통 기자실도 한산했다. 출입 기자들은 곧잘 자리를 비웠고, 방송 기자들이 카메라 두어 대를 놓고 대기할 뿐이었다. 상근 부대변인들도 토요일에는 대부분 지역구에 가거나 개인적인 볼일을 보느라 바빴다. 그래서 아주 큰 이슈가 아니면 대변인실에서도 토요일에는 서면 브리핑으로 대체하는 경우가 많았다. 그러니 부대변인들에게 양해를 구하는 것도 어렵지 않을 터였다.

"아이고, 정말 고맙습니다. 제가 잘돼서 꼭 보답하겠습니다."

"아, 무슨 말씀을요. 더 좋은 걸 도와드리지 못해서 미안합니다."

그는 올 때보다 훨씬 가벼운 발걸음으로 돌아갔다. 그 사람이 바로 이재명 변호사였다.

그를 보내고 나서는 조금 걱정이 됐다. 그때만 해도 기자들 사이에 텃세라는 게 있어서, 정식 상근 부대변인이 아니면 기사를 잘 써 주지 않았다. 그래서 이재명 변호사가 몇 번 해 보다 실망할 수도 있겠다는 생각이 들었다.

상근 부대변인들은 금방 "오케이"했다. 그래서 이재명 부대변인은 그다음 주부터 토요일마다 국회 기자실로 출근하게 됐다. 그런데 토요일 브리핑 내용을 보니 주제를 잡는 솜씨가 제법이었다. 아이템도, 내용도 좋았고 메시지 전개도 빠지지 않았다. 허, 이 사람 봐라.

그렇게 한두 주가 지났는데 어느 날, 이 친구가 저녁 메인 뉴스에 나오는 사건이 벌어졌다. 어라? 그런데 그날을 시작으로 주말마다 한 꼭지씩은 TV에 얼굴을 내밀었다. 성남시장 예비후보로 등록하면서 TV에 나올 수는 없었는데, 몇 달 동안 재미를 톡톡히 본 셈이다.

그해 지방선거에서 이재명 후보는 성남시장에 당선됐다. 덕분에 당선됐다는 전화가 왔기에, 무슨 소리냐고, 그건 자신의 힘으로 된 거라며 축하해 주었다.

"아이고, 안 그래요 형님. 절 알아보는 사람이 많았어요. 부대변인 명함도 성남시민들이 주요 당직으로 봐 주고 그랬습니다. 아무튼 정말 고맙습니다."

고맙다는 말 한마디면 될 일이어서, 나는 그 일을 금방 잊어버렸다.

중앙 최고 권력도 신경 쓰던 한 기초단체장

시간을 훌쩍 건너뛰어, 내가 원내대표를 하던 2016년에 이재명 시장(이때는 재선 시장이었다)을 다시 만나게 됐다. 박근혜 정부가 이재명 시장을 무척 괴롭히던 때였다. 무상 교복, 청년 수당 등의 진보적 정책을 시범 케이스로 지목하고 두들겼다. 그래도 이재명 시장이 버티자, 결국 지자체에 주는 특별교부 금을 크게 깎아 버렸다. 그런 꼴을 보고도 가만 있을 성남시장 이 아니었다. 나를 찾아왔다.

"형님, 정부가 우리 예산을 깎아 버렸는데, 그걸 좀 최소화 해 주시면 좋겠습니다."

내가 짐짓 눙치며 놀렸다.

"아, 그러니까 청와대랑 왜 이렇게 싸워요, 기초단체 장이?"

그랬더니 이재명 시장이 정색을 하며 울분을 토했다.

"아니, 내 권한을 가지고 내가 우리 성남시민에게 더 큰 이 익을 주겠다는데 왜 저럽니까? 정부 돈을 달라고 한 것도 아니 고, 내 여력이 되는 재정을 가지고 더 혜택을 주는데 왜 대통령 이 막는 겁니까? 이래도 됩니까?"

제대로 화가 난 모습이었다. 내가 옆에서 다른 단체장들도 힘들어해서 그렇다고 달래는 어투로 말했다. 그러자 이 시장 도 톤을 조금 낮췄다.

"그건 정말 미안한데, 이건 박근혜 대통령이 잘못한 거 아닙 니까?"

맞는 말이라 내가 말문이 막혔다. 사실 그 전에 경기도의 다른 기초단체장들이 찾아와서 이재명 시장 탓을 좀 했었다. 그래서 내가 "아니, 잘 싸우고 있구먼 왜 그래요? 기초단체장이라도 아닌 건 아니라고 딱 부러지게 해야지" 하며 어르고 돌려보내기도 했다.

원내 협상차 새누리당 지도부를 만났을 때는 이재명 시장 편을 들었다. 그냥 모른 척하면 될 일을 왜 이재명 시장을 괴롭히느냐고 했다. 그랬더니 대통령이 자꾸 지적을 한다고 했다. 그 조그만 시 하나를 못 잡느냐고, 그것도 못 하느냐며 노발대발했다는 것이다. 기가 막혔다.

청와대를 나오며 박근혜 대통령의 모습을 상상하다가 쓸쓸하게 웃었다. 기초단체장이 중앙 권력을 '신경 쓰이게' 만들었다는 사실 자체가 이미 보통은 아니라는 증거였기 때문이다. 이재명 성남시장이라는 사람을 새롭게 보기 시작한 계기였다.

"결과와 상관없이 하고 싶은 말이 있습니다"

세 번째 인연은 박근혜 탄핵이 마무리되고 대선이 급박하게 다가오던 때였다. 이재명 시장은 대통령 경선에 나서겠다고 했다. 솔직히 놀랐다. 그는 기초단체장 출신이었다. 광역단체장도 아니었고, 중앙 정치의 핵심 무대에 있던 인물도 아니었다. 당시 당 대표는 문재인이었고, 안희정 역시 유력한 후보였다. 그래서 나는 무심코 이렇게 물었다.

“기초단체장이요?”

그는 조금도 흔들리지 않고 답했다.

“왜 나오면 안 됩니까?”

그 말에는 변명도, 과장도 없었다. 결과에 대한 자신감이라기보다는 나와야 할 이유가 있다는 사람의 태도였다.

“결과와 상관없이 하고 싶은 말이 있습니다.”

그 말이 이상하게 오래 남았다.

경선 레이스가 본격화되고 그는 발대식을 열었다. 국회 소회의실이었다. 150명 정도 들어가는 공간이었는데 반도 차지 않았다. 약속했던 사람들 중 상당수가 오지 않았다. 국회의원도 손에 꼽을 정도였다. 예의상이라도 와 줬으면 좋았을 텐데 그러지 않았다.

당 안의 분위기는 이미 정해져 있었다. ‘어대문’. 어차피 대통령은 문재인이라는 분위기가 지배하고 있었다. 그날 나는 원내대표 자격으로 발대식에 갔다. 마음이 쓰였다. 경쟁의 문제가 아니라 예의의 문제라고 느꼈다. 우리 당의 대통령 후보인데, 이렇게 비어 있는 자리는 초라하게 느껴졌다.

축사를 부탁받았다. 마이크를 잡고 내려다보니 고작 예순 명 남짓한 사람들이 나를 보고 있었다. 그들 역시 기가 죽어 있었다. 그래서 나는 평소보다 조금 더 솔직해졌다.

“이재명 후보는 성남시장으로서 가장 열심히, 가장 치열하게 일한 사람입니다.”

그러다 문득 그를 처음 만났던 기억이 스쳐 지나갔다. 부대변인 명함 하나를 부탁하던 얼굴, 토요일마다 브리핑을 준비하던 태도, 기초단체장이 되어 권한을 밀어붙이던 모습. 그래서 나는 결심하듯 말했다.

"저 우상호 원내대표는 이재명 후보를 지지합니다."

순간 회의실이 술렁였다. 박수가 터졌고 사람들의 표정이 바뀌었다. 나는 박수가 잦아들기를 기다렸다가 덧붙였다.

"오늘 하루만입니다."

웃음이 터졌다. 농담이었지만 위로였고, 격려였다. 그날의 발대식은 그렇게 끝났다.

나중에 그가 그 일을 오래도록 기억하고 있다는 걸 알게 됐다. 여러 자리에서 뜻밖의 순간에 그 이야기를 꺼냈다. 나는 그때마다 속으로 생각했다. 이 사람은 정치적 유불리를 따지기보다 함께한 장면을 기억하는 사람이구나.

그날 나는 또 하나를 보았다. 그는 위축된 자리에서도 도망치지 않았고, 사람이 적은 공간에서도 자기 말을 포기하지 않았다. 경선에서의 성적이 어땠는지는 그날의 본질이 아니었다. 그 국면에서 내가 본 얼굴은, 큰 무대가 아니어도 자기 자리를 지키는 정치인의 얼굴이었다.

2022 대선과 시간을 기억하는 정치인

2022년 대선은 전혀 다른 국면이었다.

그는 이미 전국적 인지도를 가진 후보였고, 나는 선거를 불과 30일 남겨 둔 시점에 총괄선대본부장을 맡았다. 여론조사 격차는 컸고, 대장동 공세는 매일같이 이어지고 있었다. 캠프는 거대했지만 정작 책임지는 구조는 보이지 않았다. 공동본부장만 여러 명이었고, 결정은 느렸으며 실행은 흩어져 있었다.

내가 처음 상황을 점검하며 느낀 위기의 핵심은 간단했다. 서울이 흔들리고 있었다. 경기도는 비교적 단단했지만, 서울의 조직과 바닥 민심은 불안정했다. 나는 이 선거가 서울에서 무너지면 끝난다고 판단했다. 그래서 가장 먼저 꺼낸 카드가 서울이었다.

나는 그동안 여러 번의 선거를 치르며 서울 25개 구에 촘촘한 네트워크를 만들어 왔다. 서울시장 경선, 총선, 지방선거를 거치며 쌓아 온 풀뿌리 조직이었다. 평소에는 흩어져 있던 이 조직들을 그때 한꺼번에 연결했다. 서울의 조직들이 통째로 이재명 캠프로 들어왔다. 선거운동원만 옮긴 것이 아니라, 혈관을 이식하듯 캠프의 순환을 바꾼 셈이었다.

그때부터 서울이 움직이기 시작했다. 유세 동선이 살아났고 메시지가 정리됐으며 대응 속도가 빨라졌다. 서울에서 버텨 주자 전체 판이 달라졌다. 여론조사 격차는 빠르게 줄었고, 캠프 내부의 분위기도 달라졌다. '질 수밖에 없는 선거'에서 '붙어 볼 수 있는 선거'로 바뀌는 순간이었다. 물론 상황은 끝까지 쉽지 않았다.

선거 막판, 안철수 후보와의 단일화가 새벽에 기습적으로 이뤄졌다. 사전투표를 앞둔 시점이었다. 나는 그날 새벽 기자의 전화를 받고 머릿속이 하얘졌다. 우리가 붙여 놓은 판이 다시 흔들렸다.

그날 이후 나는 새벽부터 브리핑을 이어 갔다. 단일화는 야합이라는 메시지를 반복하며 충격을 최소화하려 했다. 결과적으로 우리는 0.73% 차이까지 따라붙었지만 끝내 넘지는 못했다.

해단식 날, 나는 울었다. 정말 윤석열 같은 사람이 되면 안 된다는 미련을 떨칠 수가 없었다. 면목이 없었다. 이재명 후보를 포함해 함께 여기까지 온 사람들에게 정말 미안했다. 이재명 후보가 "모두 고생들 하셔서 그래도 여기까지 왔다"고 위로하는데, 마음이 적적하고 힘들었다. 다음 날 나는 서울시장 불출마를 선언했다. 계산이 아니라 책임의 문제였다. 그게 내가 할 수 있는 방식이었다.

그 시간은 짧았지만 깊었다. 서울이라는 가장 치열한 전장에서 우리는 함께 버텼다. 그리고 나는 그 과정에서 다시 한번 확인했다. 이 사람은 혼자서 오는 정치인이 아니라, 함께 버텨 온 시간을 기억하는 정치인이라는 사실을. 그래서 철원에서 들은 그 한마디는 더 가볍게 넘길 수 없었다.

"형님이 그거 해 보세요."

그 말은 새로운 제안이 아니라, 서울에서 함께 버텼던 시간
위에서 다시 건네진 질문처럼 들렸다.

2부

끝과 시작

나의 귀거래사, 그리고 새로운 책임

새로운 길, 새로운 희망을 이야기하고 싶어졌다.
당장 눈앞에 화려한 궁전을 보여 주기보다
가슴속에 작은 불씨 하나를 품게 하는 일이 더 중요하다는 것,
'천년 변방'이 아니라, 새로운 시대의 기둥으로 전환할 수 있다는 것,
높고 깊은 태백산맥이 절망과 소외의 장벽이 아니라
강원도를 지켜 내는 튼튼한 성채가 될 수 있다는 것,
나 혼자 책임지는 방식이 아니라 함께 부여잡고 이루어 가는
'신박한 경험'을 같이 누려 보자는 것,
이것이 내 남은 삶의 책임을 다하는 길이 아닐까 생각했다.

<u>5장</u>

마치 남대천의 연어처럼

내 뒷모습은 아름다운가

'젊은 피'답게

정치판에서 불출마는 종종 패배의 다른 이름처럼 취급된다. 법적·사회적 비위나 정치적 오판으로 궁지에 몰려 어쩔 수 없이 내려놓거나, 끈질긴 이해타산 끝에 선택한 선례들이 많아서다. 하지만 나의 불출마는 실패의 뒷정리가 아니라 애초에 품고 들어온 약속에 가깝다.

정치를 시작할 때 나는 '젊은 피'로 불렸고, 조금 지나 386이라는 별칭이 붙었다. 그 시기를 전후해 함께 정치권에 진입한 386들에게는 진보적 가치를 중심에 두고 변화와 개혁을 추진하자는 암묵적 합의가 있었다. 사회운동의 한계를 절감한 끝에, 집단적 결의를 통해 정치로 들어온 것이다. "들어가서 바꾸자."

그때부터 내게 국회의원이라는 지위는 변화와 개혁을 추진하기 위한 유용한 수단이었을 뿐이다. 기간을 명시하지는 않았지만, 대략 10년에서 15년, 선수(選數)로는 3~4선까지 최선을 다하는 것을 스스로의 목표로 삼았다. 잘했으면 잘한 대로, 못했으면 못한 대로 권한과 책임을 물려주어야 한다고 생각했다. 할 일을 마치면 가벼운 몸과 마음으로 살아갈 작정이었다. 마음이 가벼워지면 하고 싶은 일이 얼마나 많은지 진작 알고 있었다.

다시 나의 역할을 묻다

나는 비교적 젊은 나이에 원내대표를 했다. 2016년 3선 국회의원이 되었고, 20대 국회 첫 원내대표로 선출되었다. 박근혜 정부 시기였다. 2012년 문재인 캠프에서 공보단장을 맡아 선거를 치렀고, "이길 수 있는 선거를 졌다"는 평가를 들었을 때의 괴로움이 내 안에 오래 남아 있었다. 개인적으로는 스스로 정한 국회의원 마지막 임기여서 결의도 충만했다. 세 가지 목표를 세웠다.

첫째, 국민의 신뢰를 잃은 민주당을 다시 신뢰받는 정당으로 바꾸는 것.

둘째, 정권교체에 기여하는 것.

셋째, 386 정치인이 그렇게 엉망이 아니라는 것을 보여 주는 것.

결과는 좋았다. 원내대표 임기를 시작할 때 민주당 지지율은 22%였는데, 임기를 마칠 때는 53%까지 올라갔다. 결정적으로는 박근혜 탄핵을 완성하는 과정에서 123석밖에 안 되던 정당이 탄핵소추안을 통과시켰다는 점이다. 그 힘으로 정권교체를 이루었다.

한편으로는 386 정치인들에 대한 시각을 어느 정도 새로 고쳤다는 자부심도 있었다. 원내대표를 하는 동안 386 정치인에 대한 비난 기사는 거의 없었던 것으로 기억한다. 386 정치인을 한데 묶어 조롱하고 비난하던 분위기도 잠잠해졌다. 내가 설정했던 목표는 모두 이룬 셈이다.

원내대표 임기를 마칠 즈음부터 스스로에게 묻곤 했다. '국회의원으로서 내가 더 할 수 있는 일이 있을까?'

문재인 정부는 순풍에 돛을 올린 듯 순항 중이었다. 남북 관계도 좋았고, 국민의 평가도 높았다.

나는 본격적으로 '존재 이전'을 고심했다. 정치의 영역에서 배우고 익힌 경험, 내가 지닌 진보적 가치를 행정이라는 구체적인 수단을 통해 펼쳐 보고 싶었다. 입법과 정책을 다루는 차원에서 벗어나 주민들의 삶에 직접 가닿고 싶었다. 조언하는 자리가 아니라, 결정하고 책임지는 일을 하고 싶었다. 이재명 성남시장의 말처럼 "자리가 아니라 일할 권한"이 필요했다.

그때부터 지방자치단체장을 염두에 두었다. 그게 맞는 길이었다. 새로운 출발을 위해서는 내려놓아야 할 것이 많았다. 그래야 몸도 마음도 가벼워지고, 먼 길을 갈 수 있을 테니. 불출마에 대한 고민은 그래서 3선 중반쯤부터 이미 시작되었다.

2020년 21대 총선을 앞두고 고민이 깊어졌다. 문재인 정부 막바지였고, 당도 흔들리던 시기였다. 혼자 결정하기가 난감했다. 파도가 거칠어지면 배에서 내리기도 쉽지 않다. 열 명 남짓 모인 자리에서 후배들이 의견을 모았다.

"우상호의 역할이 한 번은 더 있는 것 같다."

지역 주민들이 좋게 평가해 준 덕분에 4선은 크게 어렵지 않았다. 선거운동을 하면서 나는 분명히 약속했다. "이번이 마지막 국회의원 도전입니다." 지역협의회 소속 구의원과 시의원, 지지자들이 모인 자리에서도 다시 약속했다. "저의 길은 따로 있습니다." 먼저 약속하고 떠나는 정치인은 흔치 않다. 아마 내가 거의 유일하지 않았을까 싶었다.

가야 할 때를 아는 선택

나의 정치 행로를 한 단어로 말하면 '미션(mission, 임무)'이다. 한 번도 정치 행로를 기획해 본 적이 없다. 정치적 목표를 설정하고 한 계단씩 올라가는 그림을 그려 본 적도 없다. 당직을 제안받을 때도 내가 맡아야 할 일인지, 내가 잘할 수 있는 일인지가 중요했지, 지위나 권한을 염두에 둔 적은 없다.

아니, 그전부터 살아온 삶의 대부분이 내가 의도하고 기획해서 이룬 것은 거의 없다. 연세대 총학생회장이 된 것도 내게 주어졌기 때문에, 꼭 해야 할 일이어서 했다. 정치의 영역에 들어온 것도 마찬가지다. 내가 생각하는 가치, 진보적 가치를 실천하기 위해 국회의원이라는 권능이 필요했을 뿐이다. 내가 할 수 있는 일을 다했으니 의원직을 내려놓는 것도 그리 어렵지 않았다.

따져 보면 많은 사람들이 목적과 수단을 혼동한다. 처음에는 자신의 신념을 구현하기 위해 국회의원이 되지만, 종내에는 국회의원 자리를 유지하는 것이 목적이 된 사람들을 흔히 본다. 그리고 대개는 스스로도 수단과 목적이 전도된 사실을 인정하지 않는다. 욕망의 그늘에 파묻혀 자신까지 속이는 것이다. 안타깝지만, "어쩔 수가 없다."

여담이지만, 정말로 내가 기획한 내 삶의 목표는 아직 남아 있다. 언젠가는 현역에서 은퇴할 텐데, 그러면 꼭 시집 한 권을 내고 싶다. '문청', 그러니까 문학청년이었던 한 인간의 꿈이다. 엄혹한 세월에 떠밀려 시인의 꿈을 포기하던 날이 여전히 생생하다. 동기와 선후배들이 추락하는 새처럼 투신하던 세상에서, 어린 시인 지망생은 절망했다. 신주단지처럼 모셔 두었던 습작 시들을 한 장씩 불사르면서도 소리 내어 울지도 못했다. 그런 다음 뒤도 돌아보지 않고 학생운동에 뛰어들었고, 여기까지 달려왔다.

또 하나의 여담이지만, 훗날 나도 한 줄기 연기가 되어 이 세상을 떠날 날이 올 것이다. 그러면 꼭 전두환을 한 번 만날 작정을 하고 있다. 내 유일한 기획까지 물릴 수밖에 없게 만든 일에 대해 사과를 받아야겠다고 마음먹은 지 오래다. 염라지옥에 있을 테니 배상을 청구할 수는 없겠지만 말이다.

각설하고, 당시 나의 총선 불출마는 뜻하지 않은 오해를 부르기도 했다. 중진 용퇴론이 그랬다. 맥락을 이해하지 못하는 것은 아니지만, 솔직히 좀 어이가 없었다. 나는 단지 내가 가야 할 다른 길을 선택했을 뿐이다. 나와 같이 386이라는 딱지가 붙은 사람이라도, 정치적 목표가 당을 위한 봉사이거나 정치의 틀을 바꾸는 데 있는 사람이라면, 왜 나를 따라 나와야 한단 말인가. 내가 무슨 피리 부는 사나이라도 된다는 말인가.

약속대로 나는 22대 총선에 출마하지 않았다. 대신 믿음직한 후배의 당선을 위해 내가 출마했을 때보다 더 열심히 선거운동을 도왔다. 그리고 지금 나는 새로운 희망에 부풀어 있다. 이만하면 좋지 아니한가.

시인 이형기 선생의 시 〈낙화(落花)〉는 이렇게 시작한다.

"가야 할 때가 언제인가를 / 분명히 알고 가는 이의 / 뒷모습은 얼마나 아름다운가"

광장의 속도, 국회의 시간

나의 정치판 인생에서 가장 도드라져 보이는 대목은 박근혜 대통령 탄핵일 것이다. 하도 많이 우려먹는 바람에 스스로도 좀 심드렁해졌지만, 나 자신을 설명할 때 아주 지워 버릴 수는 없는 부분이다. 개인적으로도 탄핵에 이르는 과정을 거치면서 상상력의 극점 같은 느낌을 많이 받았다.

2016년 4월 총선에서 민주당은 당시 새누리당에 1석 앞선 원내 제1당이 됐다. 내가 20대 국회 민주당의 첫 원내대표로 선출됐는데, 7월쯤부터 최순실 관련 제보들이 당으로 쏟아져 들어왔다. 그중에는 눈으로 보면서도 믿기 힘든 자료들이 많았다. 비공개로 TF를 꾸려 업무를 세팅했고, 전체 그림을 그렸다.

여당인 새누리당의 반대를 무릅쓰고 단독으로 국정감사를 열었다. 새누리당이 우왕좌왕하는 가운데 최순실의 태블릿 PC가 공개됐다. 이른바 스모킹 건이 드러난 것이다. 헌법적 도구로서의 탄핵을 본격적으로 검토하기 시작한 것도 이즈음이었다.

처음부터 탄핵을 밀어붙일 수는 없었다. 탄핵은 국회 내 의석수에 따른 정치적 힘을 매 시기마다 저울질해야 하는, 복잡하고 냉정한 문제이기도 하다. 단계별 전략을 짰는데, 일방적인 밀어붙이기로 비치지 않도록 세심하게 신경 쓸 수밖에 없었다. 1단계는 대통령의 2선 후퇴, 2단계는 자진 사퇴, 3단계는 탄핵 당론 확정이었다.

처음부터 대의를 앞세워 탄핵을 밀어붙이는 것은 선명한 강공책이고, 단계를 나누어 설정한 것은 온건한 전략이다. 나는 광장에서 촛불을 든 민심으로부터 몰매를 맞을 각오를 했다. 강공은 보기에도 시원하고, 복잡한 계산에 골머리를 앓을 필요도 줄어든다. 그러나 결과를 장담할 수는 없다. 절차적 민주주의를 촘촘하게 강제하는 것이 국회의 일이다. 그리고 대통령 탄핵은 국회의 권능이다. 대화와 타협이라는 가치를 제도적으로 설계해 둔 국회에서 선명한 강공은 쉽지 않은 선택이었다.

그렇다고 내가 광장의 민심을 도외시한 것은 결코 아니다. 광장의 압박은 상상을 초월했다. 혁명이라면 몰라도, 정치의 과정은 콩을 맷돌에 갈아 압력을 가하면 곧바로 콩물이 되는 방식과는 다르다. 굳이 비유하자면, 한겨울에 큰 얼음덩어리를 햇빛에 녹여 마실 물을 만드는 일에 가깝다. 나는 탄핵의 과정을 그렇게 상상했다. 해가 쨍쨍할 때를 기다렸다가, 다 함께 얼음을 양지바른 곳으로 옮기고, 미리 준비한 물그릇을 밑에 받치는 식이다.

광장에서 보기에 우상호는 느려터졌을 것이다. 그래서 그야말로 폭탄 같은 문자가 휴대전화로 쏟아졌다. 내가 광장에서 있었어도 그랬을 것이다. 광장은 빠르게 끓지만, 애초에 국회는 그 속도를 그대로 따라갈 수 없도록 설계된 곳이기 때문이다. 내가 운동권 출신 국회의원이라는 점이 큰 도움이 되었다. 광장의 정서와 국회의 속성을 함께 이해하지 못했다면, 나 역시 광장을 따라 속도전에 나섰을 것이다. 어쩌면 그렇게 영웅이 되었을지도 모른다. 그러나 그랬다면 새누리당의 분열과 비박계의 협조는 무망했을 가능성이 크다. 박근혜 대통령은 탄핵을 피해 임기를 다 마쳤거나, 조기 퇴진으로 물러났을지도 모른다.

탄핵안을 의결하던 본회의장에서 나는 솔직히 숨쉬기가 힘들었다. 혹시라도 부결될지 모른다는 중압감이 천근만근의 무게로 내리누르는 듯했다. 눈에 핏발이 서도록 표 계산을 하고 또 했다. 222표에서 226표까지 예상했는데, 결과는 234표로 가결이었다. 겨우 일어나 세월호 유가족들을 향해 손을 흔들며 본회의장을 나오는데, 다리가 휘청거렸다.

탄핵 정국에서 나에게 붙은 딱지는 온건파였다. 그전부터 붙어 있던 386이라는 딱지를 잇대면 '온건파 386'이다. 언뜻 형용모순처럼 들린다. 운동권 출신이 온건파라고? 그런데 나와 함께 정치에 입문한 386 정치인들은 대체로 온건한 편이다. 제도권에 길들여진 게 아니라, 대부분 착하고 정이 많아 잘 울기도 하고, 한 푼이라도 생기면 더 힘든 동지를 챙기느라 지갑도 늘 얇다. 역설적으로, 그렇기 때문에 운동권이 된 사람들이었다.

"슬픔도 노여움도 없이 살아가는 자는 조국을 사랑하고 있지 않다"(니콜라이 네크라소프)라는 말도 있지 않은가.

내가 매번 온건했던 것은 아니다. 원내대표 시절 박근혜 대통령을 두어 차례 만난 적이 있는데, 그때 정말 대판으로 언쟁을 벌인 적이 있다. 광주 5·18 기념식에서 '님을 위한 행진곡'을 부르지 못하게 한 일 때문이었다.

노래를 부르고 싶은 사람은 부르게 해 줘야지, 부르기 싫은 사람은 안 부르면 되지! 부르고 싶은 사람만 부르게 하면 되는데, 왜 그걸 금지하느냐!

하마터면 대통령과 앉아 있던 테이블을 박차고 나갈 뻔했다. 침이라도 뱉을 뻔했지만 참았다. 아, 이렇게 고백하고 보니, 그때도 나는 온건했던 건가….

포천 농사꾼

정치를 그만두고 일반인으로 돌아온 정치인은 대개 두 가지 유형으로 나뉜다고 한다. 스스로 내려놓은 사람은 그 삶을 즐기고, 무언가를 하려다 실패해서 내려온 사람은 그 삶을 괴로워한다는 것이다. 다행스럽게도 나는 전자였다. 낙선도 두 번 겪어 봤고, 정치판의 냉정함이 어떤 것인지도 안다. 그런데 이상하게도 나는 일반 시민으로 살았던 시간이 전혀 힘들지 않았다. 오히려 너무 좋았다.

'이야, 이게 몇 년 만에 되찾은 여유냐' 싶었다. 해가 똥구멍을 비출 때까지 잘 수 있고, 동네를 어슬렁거릴 수 있고, 살짝 골목에 숨어 담배도 즐길 수 있는 생활이었다. 물론 '술시'가 되면 회의 같은 뒷일을 고민하지 않고 술 한잔 즐기는 자유도 누렸다. 말 그대로 사람 사는 세상이었다. 그렇게 며칠 정치하느라 그동안 못 누리고 억울했던 것들을 만회하고는 농사 연장을 챙겨 포천으로 향했다.

경기도 포천에 작은 농지가 있다. 아버지와 어머니 묘소 옆이다. 10여 년 전 어머니가 돌아가셨을 때 묘지 터를 급히 구했고, 아버지 묘도 이장해야 했다. 그 과정에서 산 땅인데, 일부는 묘소로 쓰고 나머지는 농지다. 농사를 짓지 않으면 불법이다. 그래서 어쨌든 농사도 지어야 한다.

국회의원 시절에는 한 달에 한 번 갈까 말까였다. 그런데 국회의원을 그만두고 나니 매주 가게 됐다. 땅을 사고 밭을 일구면서부터 농사는 일이 아니라 약이 됐다. 여의도에서 받은 스트레스는 포천에서 녹아 없어졌다. 아내와 둘이 밭을 갈고, 씨를 뿌리고, 심고, 물을 줬다. 그렇게 10년을 했다.

후배들도 가끔 데리고 가서 일을 시키고, 보좌진들도 함께 갔다. 내 의원실의 유일한 약이 그거였다. 밭에서 몇 시간 땀 흘리고, 고기 구워 먹고, 맥주 한잔하고. 그게 내가 숨 쉬는 방식이었다. 농지법 위반이라고 공격받은 적도 있었지만, 모두 무혐의로 끝났다. 나는 꼼꼼하게 따져서 한 일이었다. 그리고 나는 그 농토가 정말 좋았다. 정치에서 받은 피로를 흙이 씻어주는 느낌이 있었다.

땅은 전체가 대략 500평쯤 된다. 묘지를 제외하고도 농사를 지은 면적이 400평 정도다. 밭은 60~70평 정도 만들고, 나머지는 과수로 채웠다. 그런데 과수가, 이게 보통이 아니었다. 사과나무를 비롯해 이것저것 나무 종류가 10가지쯤 된다. 약도 쳐야 하고, 가지치기도 해야 하고, 손이 많이 간다. 밭에는 또 별별 걸 다 심어 봤다. 한 25종류쯤 된다.

처음에는 모종을 사서 심는데, 호박인지 오이인지도 구분이 안 됐다. 그런데 10년을 하다 보니 길 가다 모종만 봐도 다

짚을 수 있을 정도가 됐다.

"저건 부추, 저건 갓, 저건 뭐…."

나는 약을 치지 않았다. 100% 유기농으로 했다. 여성 당원들을 데리고 가서 쪽파며 상추며 고추며 있는 대로 뽑아 나누기도 했다.

농사는 기적 같을 때가 있다. 보살피지 않아도 잘 자라는 작물은 없고, 작은 보살핌만으로도 기대 이상의 수확이 나온다. 그게 신기해서 또 가게 된다.

가장 큰 고민은 잡초다. 며칠 비가 내린 뒤에 가 보면 풀이 무릎까지 자라 있다. 풀을 뽑다가 땡벌에 쏘여 119에 실려 간 적도 있다. 여름에 옥수수밭에 들어가 김을 매면 바람이 한 점도 들어오지 않는다. 사우나도 그런 사우나가 없다. 그렇게 재미 삼아, 취미 삼아 했던 농사일이 이제는 근육과 관절 마디마다 들어찬 느낌이다. 아, 이제 시골에 내려가 살아도 농사 못 짓는다는 말은 안 듣겠구나….

임금님도 부럽지 않은 내가 좋아하는 밥상

태생이 철원 촌놈이라 그런지, 포천에서 농사를 지은 덕분인지 지난 대선 때 강원도를 다니며 즐거운 일이 더욱 정말 많았다. 그중 하나가 끼니마다 받은 밥상이었다. 강원도답게 나물을 쓴 밑반찬이 주로 올라오는데, 찬그릇이 밥상에 하나씩 놓이는 걸 볼 때면 그렇게 좋을 수가 없다. 도라지무침, 고사리, 취나물, 곰치⋯ 된장에 조물조물 매만진 것들을 만나면 거의 무아지경이다. 거기에 막국수, 메밀전, 메밀전병⋯ 생각만으로도 절로 침이 고인다.

　기본적으로 나는 생존 비용이 저렴한 편이다. 양파를 생으로 고추장만 찍어도 밥 한 그릇을 뚝딱 해치운다. 거기에 고사리나 도라지무침이라도 함께 있으면 임금님 밥상이 부럽지 않다. 강원도 촌놈 DNA라고 여긴다. 그래서인지 신기하게도 고기나 회를 안주로 술을 마실 때보다 나물 반찬이 많은 집에서는 훨씬 덜 취한다. 기자들과 밥을 먹을 때도 여의도에서는 나물 반찬 많은 집을 찾게 된다. 강원도 밥상은 보약에 가깝다. 서울에서 술, 담배, 고기를 많이 먹고 몸이 망가진 사람들이 강원도로 요양을 떠나는 데는 다 까닭이 있는 것이다.

혹시, '정치'가 체질입니까?

말과 글, 깊은 사귐의 조건

초선 때부터 시작해 당의 대변인 역할을 오래 맡았다. 그 자리를 오래 유지할 수 있었던 것은(이건 절대 자랑이 아니다) 타고난 재주보다 훈련 덕분이었다.

1980년대 학생운동을 했던 사람들은 20대부터 거대한 역사적 사건들 속에서 일종의 훈련 과정을 거친 셈이다. 사회운동이라는 이름을 붙였지만, 규모가 커지면 결국 정치와 연결될 수밖에 없었기 때문이다. 당시에는 대중투쟁이 정치적 사건이 아닌 경우가 드물었다.

6월 항쟁만 해도 그랬다. 군부 독재를 종식시키고 민주 정부를 세우는 과정이었다. 헌법적 가치를 어떻게 구현할 것인가, 민주주의의 정당성이 무엇인가, 제도는 어디까지 바꾸어야 하는가 같은 질문들이 늘 토론의 중심에 있었다. 재야 단체에 있을 때도 마찬가지였다. 대선과 총선 국면에서 정당과 공동투쟁을 하며 민주주의를 제도화하는 과정에 참여했다.

그래서였는지 정치권에 들어왔을 때 개별 정책 분야는 공부가 필요했지만, 정치의 흐름—대립과 갈등, 권력의 의도, 여론의 방향—에 대한 감각은 상당한 정도로 몸에 익은 상태였다. 초선이었어도 정치 사건을 읽는 일이 생소하지 않았다. 각 분야에서 전문가로 생활하다 정치권에 들어온 사람에게는 생소할 수 있겠지만, 나로서는 늘 다루던 의제였다.

정치를 오래 하다 보면 말 잘하는 사람도 많고, 글 잘 쓰는 사람도 많다. 그런데 말과 글을 함께 잘하기는 생각보다 어렵다. "뇌 구조에 말 영역과 글 영역은 따로 있다"는 말도 그래서 나온다. 문학을 전공한 덕도 어느 정도는 봤을 것이다. 말과 글을 매만지며 무엇을 드러내고 무엇을 숨길지에 대한 감각이 비교적 자연스럽게 훈련된 듯하다.

대변인에 임명될 때 당대표에게 대놓고 물어본 적도 있다.

"제가 측근도 아닌데 왜 대변인을 맡기셨어요?"

돌아오는 답은 대부분 비슷했다.

"기자들이 자네가 제일 잘한대."

기자들에게도 직접 물어본 적이 있다. 그랬더니 이렇게 말했다.

"형님, 우리가 추천했어요."

"형님은 핵심을 짧게 뽑아줘요. 시간 없는데, 20분씩 돌려 말하지 않고 4분 안에 정리해 주잖아요."

A라는 정치인은 "북쪽으로 가는 거야"라고 하고, B라는 정치인은 "남쪽으로 가는 거야"라고 하면 기자는 미친다. 방향을 잡을 수가 없다. 그런데 내가 전후 맥락을 풀어 주면 기사들은 비슷한 결로 정리된다. 해석은 언론의 영역이지만, 사실관계의 길은 누군가가 잡아 줘야 한다. 그게 대변인의 기술이다. 나는 그 기술을 20대부터 훈련해 온 셈이었다.

나는 소위 계파에 속한 적이 없다. '계파 천국'이던 열린우리당 시절에도 그랬다. 계파가 없다는 것은 모두의 계파원이기도 했다는 뜻이다. 이제는 말할 수 있지만, 사실 나는 정동영 의장 때도, 김근태 의장 때도, 정세균 의장 때도 각각의 핵심 회의에 들어가 있었다. 계파가 달라도 늘 함께했다. 내 판단을 듣고 싶어 했기 때문이다. 그 덕에 나는 우리 당 거의 모든 계파 이너서클의 히스토리를 알고 있는 유일한 정치인이었다. 신문을 보고 감을 잡은 게 아니라, 함께 겪어 본 역사로 안다. 그게 내가 객관성을 유지하는 방식이었다.

여담 하나를 덧붙인다. 정치를 오래 하다 보면 사람을 많이 만나게 된다. 그러다 보면 사람을 빠르게 분류하게 된다. 내가 특히 멀리하는 유형이 있다. 계산기를 품고 사람을 만나고, 상대를 이용할 궁리로 가득 찬 사람들이다. 공천이든, 이권이든, 인사든 원하는 자리를 얻기 위해 관계를 만드는 사람들 말이다.

인생사가 다 거기서 거기라는 걸 모르는 건 아니다. 이해도 한다. 하지만 그런 사람은 친구가 될 수 없다. 내가 오래 곁에 두는 사람은 대개 순수한 사람, 남을 배려하는 사람, 공존형 성품을 가진 사람들이다. 나는 가난하게 컸고, 자신감이 낮았던 시절이 길었다. 그래서 더더욱 이익을 지나치게 우선시하는 사람에 대한 경계가 강하다.

나의 이런 면을 강원도 기질이라고 생각한다. 경계심이 많고, 속을 쉽게 열지 않으며, 오래 사귄 다음에야 마음을 준다. 강원도를 알려면 먼저 강원도 사람을 이해할 수 있어야 한다. 가마솥에 뜸을 제대로 들여야 맛있는 밥이 되듯, 강원도도 그렇다. 마음을 열고 오래 사귀는 것이 중요하다.

시(詩)와 운동

믿으실지 모르겠지만, 나는 원래 조용한 사람이었다. 어릴 때부터 그랬다. 개구진 짓도 잘했지만, 주특기는 뒹굴거리며 책을 읽거나 마당에서 먼 산을 바라보는 일이었다. 평범하고 순박한 강원도 아이였다.

태생이 그랬으니 어머니의 기대를 저버리고 연세대 국문과에 입학한 것도, 또 연세문학회에 들어간 것도 나로서는 지극히 정상적인 행로였다. 내가 정말 하고 싶은 일을 한 시간이었고, 그때 행복했다.

그에 비하면 학생운동은 해야 하는 일이었다. 의무감과 책임감, 분노와 저항이 내 몸을 그쪽으로 밀어 넣었다. 즐거움

보다 고통의 순간이 더 많았다. 그런데 바로 그 고통이 나를 변화시켰던 듯하다.

혼자 머물러 있어서는 아무것도 바뀌지 않는다는 걸 알게 됐다. 분노와 저항은 더 많이 결합할수록 힘이 붙었다. 사람 사이에서, 집단 속에서 기꺼이 책임을 짊어질 때야말로 구체적인 목표가 보인다. 나는 조용하지만 한편으로는 꽂히면 집중하는 편이다. 문학에 꽂혔을 때는 수업도 빼먹고 문학회에서 글 쓸 궁리만 했다. 학생운동에 꽂혔을 때는 다른 걸 다 포기하고 학생운동만 했다. 나로서도 이런 나를 어쩔 수가 없다.

학생운동에 더욱 매진하기 위해 그동안 써온 시들을 모두 불태운 날도 있었다. 1986년 건국대에서 전국의 대학생들이 모여 전두환 군사정권에 항쟁을 벌이던 때였다. 말 그대로 아수라장이었다. 도서관을 점거했던 후배와 동료들이 떨어져 죽었는지 살았는지도 모르는 상황이었다. 그런데 그 와중에도 나는 시를 끄적이고 있었다. '해야 할 일'이 있는데, '하고 싶은 일'을 놓지 못하고 있었던 것이다. 문득 참담할 정도의 부끄러움이 몰려왔다. '혁명에 더 몰입해야 하는데, 시 따위를 붙들고 있다니….'

몽유병 환자처럼 그동안 습작으로 써 둔 한 뭉치의 시들을 들고 자취방 화장실로 들어갔다. 그리고는 한 장씩 불살랐다. 문학에 대한 미련을 스스로 끊어 내지 않으면, 끝까지 흔들릴 것 같았다. 그날 이후 남은 시는 거의 없다. 연세대 '윤동주문학상'에 응모했던 다섯 편, 5월문학상에 냈던 다섯 편. 그것 말고는 남지 않았다.

살아온 날들을 돌아보면 나는 늘 그런 편이었다. 한쪽을 선택하면 다른 한쪽을 끊는다. 그래야 끝까지 갈 수 있으니까.

지금도 가끔 후회하곤 한다. 그냥 안 쓰면 되지, 왜 굳이 불태우기까지 했느냐고. 그날은 술을 좀 마셨고, 밖에는 추적추적 가을을 재촉하는 비가 내렸다. 그렇다. 가끔은 이 망할 놈의 비가 문제다. 그날도 비가 내리고 있었다.

"쟤 왜 저래?"

언젠가 소설가 공지영이 나에 대해 쓴 글을 읽었다. 연세문학회 MT를 간 날이었다. 이불이 부족해 모두가 추위에 떨고 있을 때, 부엌에 가 보니 내가 혼자 아궁이에 불을 때며 위에 놓인 냄비를 훔쳐보고 있더라는 이야기였다.

대학생 때도 그런 사람이었다. 앞에 나서기보다 뒤에서 바라보는 쪽에 가까웠다. 술자리가 있어도 선배들이 있으면 말수가 줄었고, 동기들 사이에서만 조용히 수다를 떨었다. 누가 노래를 부르라면 마지못해 불렀고, MT를 가도 다들 떠들고 놀 때, 아궁이 앞에 앉아 불을 때는….

그렇게 나를 기억하는 사람들에게, 학생회장 출마는 이해할 수 없는 일이었다. 반장 선거에도 스스로 나선 적이 없었던 애가 어느 날 갑자기 학생회장이라니.

"쟤 왜 저래?"

나는 총학생회장을 하고 싶은 사람이 아니었다. 다시 그런 시절이 온다고 해도 절대 안 할 것이다. 그런데 '중앙'에서 나를 담당했던 친구가 나가라고 했다. 그 친구는 내가 가장 신뢰하는 사람이었고, 제일 친한 동지였다. 그때 나는 노동운동으로 현장 이전을 준비하고 있었다. 친구들 대부분이 이미 현장에 내려가 있었고, 나도 그 길로 가려던 참이었다. 그런데 그 친구가 말했다.

"학생운동의 전환이 필요한데 이걸 끌고 갈 사람이 형 말고 없다."

나는 몇 번을 거절했다.

"내가 왜 그걸 하냐?"

그 친구는 한참 나를 보더니 잘라 말했다.

"해야 하니까!"

할 말을 찾지 못했다. 결국 조건을 걸었다.

"운영 전권을 줘라. 배후조종하지 마라."

그 약속을 받고서야 출마를 결심했다. 할 사람이 없다더니, 진짜 없었나 보다 싶었다.

그때부터 성격이 바뀌었다. 계속 떠들어야 했고, 계속 주도해야 했다. 내 말이 사람을 움직이고, 내가 책임지는 방식이 세상을 조금 바꾸는 걸 그때 처음으로 체감했다. 정치인의 기본 트레이닝은 그때 시작된 셈이다. 그리고 곧바로 6월 항쟁을 맞았다. 그 경험은 성취를 넘어 나를 오래 지배했다.

촌놈의 감각

촌놈 정체성

첫 국회의원 선거에서 떨어지고 두 번째 선거를 준비하며 책을 쓸 때 출판사 사장이 물었다.

"당신을 한 단어로 말하면 뭡니까?"

번다한 단어들이 한참 반짝였지만, 아무리 생각해도 답은 한 가지밖에 없었다.

"촌놈 같습니다."

선거를 준비하던 참모들은 다 반대했다.

"국회의원 나갈 사람이 촌놈이면 누가 찍습니까?"

그래도 바꾸지 않았다. 그건 내 정체성이었기 때문이다. 또 촌놈 기질은 내 시(詩)의 원형이기도 했다. 그리고 지금도 내 삶의 원형이다.

강원도 철원에서 태어나 네다섯 살 무렵의 기억이 아직 남아 있다. 누나와 형들은 학교에 가고, 나는 하루 종일 혼자였다. 방앗간 마당에 앉아 있거나, 나뭇가지를 들고 바닥에 그림을 그리거나, 들판을 멍하니 바라보며 시간을 보냈다. 한두 시간씩 꽃 하나만 바라보고 앉아 있던 날도 있었다. 그땐 '멍 때리기'라는 말도 없었다. 그냥 혼자 있는 시간이었다. 친구들이 개구리 잡으러 가자고 몰려와도 가지 않았다.

"왜 잡아?"

그 질문은 그때도, 지금도 변하지 않았다. 초등학교에 들어가서도 숫기가 없었고, 시험을 잘 봐도 앞에 나서지는 않았다.

서울로 온 뒤 그 성정은 더 깊어졌다. 강원도에서는 가난이 비교의 대상이 아니었다. 운동화를 신느냐, 고무신을 신느냐의 차이였고, 밥을 싸 오느냐, 못 싸 오느냐의 차이였다. 그런데 서울은 달랐다. 단칸방과 2층 양옥의 차이는 세계의 차이였다. 잘 사는 친구 집에 놀러 갔다가 들어가서 나올 때까지 말한마디를 못 했다. 기름보일러를 때는 집과 연탄가스에 취해 토하던 내 집은 존재의 차이처럼 느껴졌다. 그때 처음으로 가난이 자아를 규정할 수도 있다는 걸 알았다. 공부를 잘해도, 성적이 좋아도 이 간극은 사라지지 않았다.

그래서 서울 생활이 싫었다. 서울에서도 나는 늘 혼자였다. 잘 사는 아이들과 사귈 용기가 없었고, 내 수준에 맞는 아이들 곁으로만 갔다. 그 과정에서 점점 더 내성적으로 변했다. 초등학교 6학년에서 중학교, 고등학교 초반까지의 나는 완전히 조용한 아이였다.

이 조용함, 이 촌놈 기질, 이 혼자 있음에 대한 익숙함. 그게 나였다. 그래서 훗날 사람들이 가장 이해하지 못한 지점이기도 했다. 이런 아이가 왜 정치로 갔는지, 왜 사람들 앞에 서서 가야 할 방향을 가리키게 되었는지를.

아버지와 막걸리, 그리고 잊히지 않는 풍경

어린 시절만 해도 아버지는 동네 유지급이셨다. 특별한 일이 아니면 친구분들 술자리에 나를 데리고 가기도 하셨는데, 그러다 보니 어른들이 장난삼아 나도 술맛을 볼 수 있게 해주시곤 했다. 아버지도 그것이 재미있으셨는지 말리지 않으셨고, 그 덕에 한두 잔 정도는 대여섯 살 때도 끄떡없었다.

내가 이평리(철원 동송에 있다)로 이사 간 후인 1969년, 초등학교 1학년 때 일이었던 것 같다. 아버지가 모처럼 옛날 살던 오덕리 양촌에 다녀오신다기에 따라나섰다. 십 리가 약간 안 되는 길이라 30~40분이면 충분히 도착할 수 있었다. 오덕리에 있는 양조장집에 들어서니 벌써 몇몇 어른들이 모여 술추렴을 하고 있었다.

"어이, 어서 오시게."

"어허, 막내 녀석도 왔구나. 공부 잘하고?"

이렇게 시작되었는데, 처음에는 어른들끼리 드시더니 이내 술잔이 내게도 오기 시작했다. 사실 그 나이에 무슨 술맛을 알

186

겠는가. 그저 내 욕심은 안주로 차려진 두부조림을 먹는 것일 따름이었다. 이 두부조림이라는 것이 기가 막혀서, 두부집에서 갓 뽑아낸 두부를 살짝 부친 뒤 파를 다져 넣은 양념간장에 재워 실고추와 참깨를 뿌린 것인데, 모양도 예쁘지만 입에 넣으면 살살 녹는 맛이 일품이었다.

그렇다고 어른들 드시는 술상에서 젓가락을 들고 막 집어먹을 수도 없는 노릇이었다. 어른들이 장난삼아 따라 준 막걸리를 마시면 아버지가 그 두부조림을 집어 내 입에 넣어주었다. 그러니 그 두부조림을 먹을 욕심으로 막걸리를 한 잔, 두 잔 먹게 된 것이다. 한 잔이라고는 하지만 어른들 드시는 양의 3분의 1 정도만 따라 주시는 것이었는데, 처음에는 몇 번에 나눠 홀짝홀짝 마시다가 나중에는 그냥 쭉 들이키고 말았다.

“허어, 이 녀석 좀 보게. 이게 술꾼이 아닌가?”

“아니, 그 아버지에 그 아들이지. 그게 어디 가겠습니까?”

“맞다, 맞아. 이 사람 집안이 원래 술로 흥하고 술로 망한 집 아닌가? 하하하!”

그 아버지에 그 아들이라는 말에 기분이 좋으셨는지, 이젠 당신이 석 잔쯤 드시면 아예 내게도 직접 술을 따라 주셨다. 그러고는 아예 주도까지 가르치셨다.

“무릎 꿇고 두 손으로, 그렇지. 머리를 숙이고 공손하게 받는 거야. 어른들 앞에서는 얼굴을 돌리고, 그래, 그렇게.”

이렇게 계속된 술자리가 밤이 늦어서야 파했으니 나도 내가 몇 잔을 마셨는지 알 수가 없었다. 다만 두부조림 접시가 여러 차례 술상에 올랐다는 것만 기억날 뿐이었다. 어른들께 인사하고 일어서려는데 다리가 후들거렸다.

아아, 집으로 돌아가는 길이 왜 이리도 먼가. 보름이라 달은 휘영청 밝은데, 넓은 신작로를 따라 아버지 손을 잡고 추적추적 걷는 다리에 힘이 하나도 없었다.

"허어, 이 녀석 똑바로 걸어야지."

"허어, 이 녀석이 취했네, 엉? 하하하!"

아버지도 많이 취하셨는지 걸음이 비틀비틀했다. 술에 취한 아버지와 여덟 살짜리 아들이 사람도, 달구지도 없는 길을 따라 이리 비틀 저리 비틀하며 걷는 형상이었다.

하지만 지금도 잊을 수가 없다. 오덕리에서 이평리로 넘어가는 그 신작로 옆으로 파릇파릇 자라난 벼들이 들판 끝까지 이어져 있었고, 개구리들은 연이어 개굴개굴 울어댔다. 길가의 달맞이꽃은 활짝 피어 달빛 아래 빛나고 있었고, 논의 농수를 따라 졸졸 흐르는 물소리도 유난히 컸다. 가끔은 미꾸리인지 다른 물고기인지 첨벙대는 소리도 들렸다. 아버지는 연신 무슨 노래인가를 흥얼거리다 가끔 내 이름을 부르셨고, 나는 계속 네, 네 하고 대답하며 걸었다. 비틀거리시면서도 아버지는 내내 내 손을 놓지 않으셨다.

우리 부자는 결국 지름길로 택한 좁은 논둑길에서 엎어지고 말았는데, 질척거리는 흙탕물을 털어내다 아버지와 나는

웃음보가 터지고 말았다. 집에 겨우 도착하니 기겁한 어머니
로부터 한바탕 잔소리가 날아들었다.

"아니, 이제는 애까지 술꾼을 만들려고 그래요?"

"어, 지가 넙죽넙죽 잘 받아먹더라니까…."

"아니, 그렇다고 어린애한테 취하도록 술을 먹이는 사람들
이 그래 어디 있담? 기가 막혀서…."

다음 날 아침, 머리가 깨지는 두통을 어쩌지 못해 비틀거
렸더니 형제들이 다 놀려 대는 것이었다. 하지만 놀려 대는
소리에도 무감각한 채 온 세상을 비추던 달빛과 논둑길의 달
맞이꽃, 그리고 개구리 울음소리만이 자꾸 떠오를 뿐이었다.

서울의 첫 기억

5학년을 마치고 6학년이 되기 전이니까, 아마 1974년 1월
쯤의 일일 것이다. 큰형이 고등학교를 졸업했다. 그림 그리는
재주가 비상했던 큰형은 미대를 가고 싶어 했다. 하지만 대학
을 보낼 형편이 아니었다. 고민하던 어머니는 서울로 가서 조
그마한 공장이라도 운영해 돈을 모은 뒤 형을 대학에 보내겠
다는 계획을 세웠다. 그래서 큰형과 나, 어머니는 서울로 가고,
아버지와 누나, 작은형은 철원에 남았다.

나는 서울로 가는 영종여객 완행버스에 몸을 실었다. 하지
만 나의 서울행은 출발부터 퍽 향기롭지 못했다. 서울까지의
이사 비용을 아끼기 위해 어머니는 이삿짐을 미리 버스에 실

었다. 철원 동송이 종점이었기 때문에 이런 계획이 가능했다. 운전기사가 타기도 전에 버스 뒷자리는 어머니와 나의 이삿짐으로 가득 찼다. 짐을 싣는 데만 30분이 넘게 걸렸으니 어느 정도의 짐이었는지 아마 짐작이 될 것이다. 기막혀하던 기사를 어머니가 골목 뒤로 데려갔고, 잠시 뒤 버스 기사는 모자를 다시 고쳐 쓰며 헛기침을 하고 나타났다.

지금은 서울까지 2시간이면 충분히 다니는 길이지만, 당시에는 비포장도로인 데다가 완행버스는 길 아무 데서나 사람들이 세워 타는 바람에 너댓 시간은 족히 걸렸다. 미아리 대지극장 앞 시외버스 정류장에 버스가 도착하니 이미 어둠이 깔려 있었다.

짐을 내리는 데만 다시 20여 분이 걸렸다. 처음에는 기막혀하며 구경만 하던 승객들이 안 되겠다 싶었던지 한두 명이 가세해 짐 내리는 것을 도왔다. 이불 보따리와 옷짐은 당연하고, 바리바리 밥그릇 꾸러미에 고추장 단지까지 있었으니 도와주던 사람들도 나중에는 한참이나 웃었을 것이다.

얼마를 기다렸더니 큰형이 용달차를 불러 타고 나타났다. 바퀴가 세 개인 삼발이 차였다. 짐을 싣고 10여 분쯤 갔을까, 성북구 종암동의 어느 주택가 골목이었다. 가로등 불빛이 붉게 드리운 골목에서 사람들이 무슨 봉지인가를 들고 젖어 있는 길 위를 종종걸음으로 뛰어가고 있었다. 퀴퀴하면서도 축축한 그 무엇, 이것이 서울에 대한 나의 첫 느낌이었다.

춥고 긴 겨울의 시작

1974년 8월 15일, 광복절 기념식장에서 육영수 여사가 문세광의 저격으로 숨지고 말았다. 지하철 1호선이 개통된 날이었다. 당시 국민들이 받은 충격은 대단했다. 연일 반공 궐기대회가 열렸고 민심도 흉흉했다. 이 사건으로 일본과의 외교 갈등도 첨예해졌는데, 그 여파로 일본을 상대로 하던 보세 산업 전체가 심각한 타격을 받게 되었다.

공장에는 납품을 앞둔 옷들이 산더미처럼 쌓였지만, 매일같이 옷을 실어 가던 삼발이 차는 2~3일이 되어야 겨우 한 번쯤 나타나더니, 얼마 안 있어 아예 자취를 감췄다. 어머니와 형이 직접 납품처로 줄기차게 달려갔지만, 대부분의 회사는 이미 문을 닫고 말았다. 받아야 할 하청 대금은 서서히 줄어들었고, 가을이 지나 겨울이 올 때쯤에는 모든 것이 끊어지고 말았다. 함께 일하던 누나들도 하나둘 떠나기 시작했다. 춥고 긴 겨울이 시작되었다.

어머니는 여기저기 친지들에게 돈 부탁을 하다 지쳐 전화통을 붙잡고 연신 눈물을 흘리셨다. 큰형의 대학 진학 꿈도 물 건너갔다. 나는 점점 말이 없는 아이가 되었다. 어머니와 형이 눈물을 흘리고 있으면 나는 옥상에 올라가 혼자 울었다. 때로는 자는 척하며 대화를 엿듣기도 했다.

"그래. 너는 군대 가고, 나는 다시 철원으로 내려간다고 하자. 상인이 상호는 어디다 맡기니?"

이때는 작은형도 이미 서울로 전학을 온 상태였다.

"어디 이모네 맡기면 안 돼요?"

"거기도 딸린 식구가 어디 한둘이라야 말이지. 어휴, 어떻게든 한번 살아 보려고 했는데, 한번 이 악물고 살아 보려고 했는데…."

나는 슬그머니 돌아누웠다. 이를 악물었지만 베갯깃을 따라 흐르는 눈물을 어쩌지 못했다. 희망은 사라지고 생존의 방책도 막막했다. 초등학교 6학년의 겨울은 나를 한층 조숙한 아이로 만들어 놓았다. 초등학교 졸업장은 졸업식이 끝나자마자 내 호주머니 속으로 구겨져 들어갔고, 사진을 찍고 있는 수많은 축하객들 사이를 혼자 황급히 빠져나와 종암동 골목길을 이리저리 배회하던 기억도 떠오른다.

결국 큰형은 입대했다. 그리고 고등학교를 갓 졸업한 누나가 서울로 올라와 취직하면서 작은형과 나를 부양했고, 어머니는 철원으로 돌아가 농협에 취직하셨다.

"어떻게든 너희들 뒷바라지는 내가 책임질 테니까 걱정 말고 공부 열심히 해. 알았지? 너희들은 꼭 성공해야 한다."

이를 악문 채 눈물이 그렁그렁한 얼굴로 헤어지던 어머니의 이때 모습은, 나중에 학생운동을 하던 시절과 감옥에 있던 기간 내내 나를 가장 괴롭혔던 영상이기도 했다.

나의 아버지, 어느 세월의 초상

미생전

어린 시절을 돌아보면, 가족은 누구보다 가까운 자리에서 영향을 미치는 존재였다. 그만큼 성장 과정에서의 가정 환경은 아이의 성향과 경험 형성에 적지 않은 차이를 만들어 내곤 한다.

아버지는 거의 매일 술을 드시고 귀가하셨다. 아버지는 왜 그렇게 술을 드셨을까? 막내아들이라서 그랬는지는 몰라도, 아버지를 가까이에서 지켜볼 기회가 많았다. 인물도 좋으셨고 공부도 많이 한 부잣집 아들이었는데도 그렇게나 술을 드셨다.

아버지는 1916년 지주 집안의 장남으로 태어났다. 원래부터 지주였던 것은 아니고, 할머니가 양조장을 해서 모은 돈으로 땅을 사들인 것이 그렇게 많아졌다고 하니 상당히 이재에 밝으셨던 모양이다. 철원평야의 상당량과 금성 인근에 전답이 크게 있어서 젊은 시절에는 땅을 둘러보려면 말을 타야 했다고 한다.

장남인데다 공부도 잘하는 아들이었으니 금지옥엽처럼 귀여움을 받으셨을 텐데, 할아버지가 또 그렇게 술을 좋아하시다가 아버지 일곱 살 되던 해에 돌아가시고 말았다. 아버지는 공부만 잘한 것이 아니라 운동도 잘하는, 상당히 활동적인 소년이었다. 강원도의 명문인 춘천고를 졸업(7회)하시고는 일본 동경제국대학 체육학과로 유학을 떠나셨다.

아버지의 특기는 마라톤이었다. 젊은 시절에는 국가대표격으로 손기정 선수와도 같이 뛰셨는데, 부잣집 아들이라 운동을 계속하기보다는 유학 가는 쪽을 선택하셨다. 나이가 찬 아들을 그냥 유학 보낼 리가 있겠는가? 유학 가기 전에 집안에서 배필을 정해 결혼을 시켰는데, 아버지 마음에 들지는 않았던 모양이다.

땅을 팔아 학교를 짓다

해방이 되자 철원은 북한 치하가 되었다. 사회주의 정권이 들어서자 아버지는 제일 먼저 모든 땅을 노동당에 헌납했다. 살아남기 위한 방편이었는지, 다른 뜻이 있었는지 나로서는 알 수 없는 일이다.

어쨌든 당시 북한의 정책이 우리가 배운 것과는 달랐던 모양이다. 출신 성분이 지주인 데다 일본 유학까지 다녀온 사람을 숙청하기는커녕 소학교 체육 선생을 시켰다고 하니 말이다. 그러다 한국전쟁이 발발하자 아버지는 1·4후퇴 때 원산에서 쪽배를 타고 단신으로 부산까지 월남하셨다.

춘천고 동창들의 도움으로 연명하던 중 휴전이 되었는데, 이때는 철원 땅이 다시 남한 땅이 되어 있었다. 물론 상당량의 땅은 여전히 북쪽 치하에 들어가 있었다. 아버지는 서울에서 중매로 만난 여인과 결혼하고(지금의 우리 어머니다) 철원으로 데려왔다.

그런데 아버지는 여전히 재산에 연연해하지 않았다. 되찾은 땅들을 뭉텅이로 팔아 학교 건물을 짓기 시작했다. 그리고 그렇게 지어진 학교 건물을 국가에 헌납했다.

이 때문이었는지 아버지는 공화당 초기 시절 강원도 교육위원회 위원이 되셨다. 월급도 나오지 않는 명예직이었지만, 어쨌든 관직이었는지라 강원도 내의 유지급으로 인정받으셨던 것 같다. 그러나 특별한 수입원 없이 땅만 팔다 보니, 그 넓은 전답이 급격히 줄어들었다.

내가 태어났을 때는 그 넓은 땅이 거의 사라지고 오덕리에 있던 넓은 집 한 채만 남았을 정도였으니, 아버지의 재산 탕진 역사는 상당히 드라마틱했던 것 같다.

그 후로 집안의 생계는 어머니가 꾸려 가시기 시작했다. 어머니는 보건소에서 가족계획 담당으로 일하셨는데, 나중에는 이평리에 있는 동송면 면사무소로 출근하셨다. 그래서 우리가 오덕리에서 이평리로 이사한 것이다.

형편이 궁색하다 보니 아버지의 용돈인들 충분할 리가 없었다. 결국 국민학교 4, 5학년 때는 아버지의 새마을담배 값을 어머니에게 타 내는 전령사 역할을 내가 맡았다. 당시 국가에서는 저소득층을 대상으로 새마을취로사업이라는 것을 시행하였다. 하루에 얼마씩 주면서 개천 정비나 수로 정비 같은 일을 하는 일종의 막노동이었다. 아버지는 소주값이라도 벌려고 이 작업에 나가기도 했다. 철원평야를 떵떵거리던 양반이 말년에 꾀죄죄한 복장으로 새마을취로사업을 하던 모습이 지금도 눈에 선하다.

그런데 신기하게도, 술을 안 드셨을 때는 멀쩡한 분이 술만 드시면 호기를 부리며 큰소리를 치기 일쑤였다. 아버지는 내 사춘기 내내 갈등의 대상이었다. 가족들을 괴롭힐 때는 못 견디게 미웠다. 그럴 때는 아버지의 헛기침 소리만 들어도 집을 나와 거리를 방황했다. 화목한 가정을 이루고 사는 친구 집에 가면 그렇게 부러울 수가 없었다.

미워할 수 없었던 시대의 얼굴

그런 아버지와 내심 화해하게 된 것은 대학에 들어가 현대사를 공부한 후였다. 큰 꿈을 품었던 한 식민지 청년이 일제시대, 한국전쟁, 혼란스러운 남과 북의 대결 구도 속에서 희망도 없이 방황하면서 몰락했던 과정을 개인의 문제로만 돌릴 수는 없었다.

유학 가서 동경제국대학을 다니고, 조선 철원에서는 말을 타야 다 돌아볼 수 있는 전답을 가진 부자였어도 조센징은 조센징이었다. 일본 친구도 있었지만, 아버지에게 '조선인'이라는 한계는 젊은 시절 극복할 수 없는 문제였을 것이다. 더구나 봉건제도의 잔재 속에서 원하지 않은 결혼을 하고, 분단이라는 현실과 맞닥뜨리면서 부모로부터 상속받은 전 재산을 잃었다. 갑자기 다가온 전쟁 때문에 사랑하는 가족과도 생이별을 했다. 쪽배를 타고 단신으로 내려간 부산에서, 혼자 내려온 죄의식과 그리움 때문에 심하게 가슴앓이를 하고 혈혈단신으로 생존의 문제와 부딪혀야 했다. 아버지 세대는 연속된 격랑의 역사 속에서 혼란과 충격, 고통과 좌절의 20, 30대를 보내야만 했던 것이다.

그런 경험 때문에 강인한 생존 능력을 갖춘 실향민이 있는가 하면, 오히려 실의와 좌절 속에서 현실을 회피하게 된 부류도 생길 수 있었던 것이다. 비록 아버지의 그러한 삶의 태도 때문에 우리 가족에게 고통이 있었다 해도, 그래서 훨씬 행복한 어린 시절을 보내지 못한 것에 대한 아쉬움이 있었다 해도, 나는 아버지 세대를 미워할 수 없었다. 대학 시절, 간혹 누추한 집에 혼자서 멍하니 앉아 계신 아버지를 바라볼 때는 말로 형언할 수 없는 연민을 느꼈다.

휴가 나왔다가 귀대하면서 큰절을 했을 때 내 손을 잡으시고 아무 말씀도 못 하시던 모습도 잊을 수 없다. 당신의 인생을 이해한 자식을 떠나보내는 아쉬움 때문이었을까. 여덟 살 때

신작로에서 술에 취해 걸을 때처럼 아버지는 내 손을 놓치지 않으려고 힘을 주어 꼭 잡으셨다. 나는 빙그레 웃으며 두 손으로 아버지의 손을 감싸 쥐었다.

"건강하세요, 아버지!"

그제야 아버지는 내 손을 놓으셨는데, 그것이 내가 세상에서 뵌 아버지의 마지막 모습이었다.

깊이 새겨진 세 글자

아버지가 돌아가셨다. 성남에 있는 서울공항에서 국군의 날 행사 행진 연습을 하느라고 파견 나가 있던 중, 누나가 찾아와서 이 소식을 전해 주었다. 눈이 퉁퉁 부은 누나와 함께 의정부로 가는데 밖에서는 비가 계속 내렸다.

결국 아버지가 돌아가셨구나. 돌아가시기 전에 나를 많이 찾으셨다고 했다. 그러셨겠지. 아버지와 관련된 여러 장면들이 주마등처럼 스치고 지나갔다. 이불에 오줌 싸서 소금 얻어 오라고 대문 밖으로 쫓겨난 기억부터 술에 취해 같이 넘어지던 달 밝은 밤의 그 신작로 길, 서울로 짐을 옮기면서 아버지가 "너 사는 데로 가는 게 좋으냐"고 물어보시던 일, 좋다고 하니 "그러면 되었다"면서도 자꾸 고향을 뒤돌아보시던 스산한 모습, 비 오는 날 호박부침에 소주 한 병 사 드렸더니 좋아하시며 웃던 종암동 단칸방 시절, 그리고 입대하면서 큰절 올리자 건강하게 돌아오라고 하시던 모습까지. 아버지는 식민과 분단,

전쟁과 근대화의 무진 폭락 속에서 비틀거리던 한 많은 인생의 종지부를 찍으셨다.

아버지의 장례를 치르던 내내 억수 같은 비가 내렸다. 나는 아무 말 없이 벽에 기대 앉아 비 내리는 바깥을 바라보았다. 그 많은 땅을 가지고 태어난 분이 자신이 묻힐 단 한 평의 땅도 없이 돌아가셨기에 친지의 도움을 받을 수밖에 없었다. 김포의 야산에 아버지의 육신을 눕혀 드리고 돌아왔다. 비석에는 '우·준·권' 석 자가 깊이 새겨졌다. 내 가슴속에도 오랫동안 남을 그 이름.

사흘 후 삼우제를 지내기 위해 다시 묘소를 찾았다. 비는 계속 그칠 줄을 몰랐다.

6장

다시 모든 걸 걸어야 할 때가 있다

갈림길에 서다

새로운 시작을 향한 분기점

2025년 5월, 당시 이재명 대통령 후보를 모시고 강원도 경청 투어를 떠났던 날은 내 남은 삶의 커다란 분기점이 되었다. 속초의 호텔 방에서 오래도록 창밖을 바라보며 머리가 텅 빈 것만 같았던 밤을 여전히 기억한다. 그리고 그날 밤, 어둠이 한층 깊어진 새벽녘이 되자 내 가슴이 쿵쿵 뛰기 시작했다. 새로운 시작 같은 느낌, 아니 미지의 세계로 막 들어설 때의 설렘 같은 것이 천천히 온몸으로 번져 나갔다. 예감이 참 좋았다.

강원도 경청 투어를 마치고 서울로 올라온 며칠 뒤, 당시 상임공동선대위원장이었던 김민석 의원에게서 연락이 왔다. 강원도 대선을 책임져 달라는 요지였다. 이재명 후보가 직접 부탁한 것이라고 했다. 무슨 뜻인지는 금방 알아들었다. 민주당 선대위에서 내 공식 직함은 중앙선거대책위원회 공동선거대책위원장 겸 강원특별자치도당 총괄선거대책위원장이었다. 긴 직함에 걸맞게 선거운동 기간 동안 강원도 구석구석을 살펴 달라는 의미였다.

지난 선거 결과를 보니 2022년 3월 치러진 20대 대선에서 이재명 후보는 강원도에서 2등이었다. 격차는 13%에 가까웠다. 수치만 놓고 보면 불과 3년 만에 치르는 선거에서 이를 만회하기란 쉽지 않아 보였다. 그래도 크게 괘념하지는 않았다. 살아오는 동안 내게 맡겨진 과업 가운데 만만한 일은 단 한 번도 없었다. 무엇보다 3년 전과는 선거 지형이 달랐다. 계엄과 탄핵, 그리고 헌법재판소의 파면 결정 이후에 치러지는 선거였다. 뭐, 한 번 더 이를 악물어 보자는 생각이 올라왔다.

실제로 이번 경청 투어의 분위기는 3년 전 대선 때와 크게 달랐다. 그때는 사람들이 숨어서 살그머니 귀만 기울였지만, 이번에는 가는 곳마다 시장통이 미어터졌다. 전에는 내 고향인 철원에서도 조직된 사람들과 일부 구경 나온 이들만 서성거릴 뿐이었다. 한산하다 못해 썰렁했다. 그런데 이번 경청 투어에서는 숨어 있던 사람들이 죄다 밖으로 나와 이재명 후보가 무슨 이야기를 하는지 귀를 기울였다. 선거대책위원회 발족식을 마치고, 나는 곧장 짐을 싸서 강원도로 향했다.

선거운동 기간과 이동 거리를 견주어 보니 강원도 18개 시군을 대략 세 번 정도 돌 수 있겠다는 계산이 나왔다. 중요한 곳은 한 번씩 더 들를 수 있도록 일정을 짰다. 한 곳도 빠뜨리지 않는 것이 중요했다. 대통령 후보가 가지 못하는 곳이라도 나는 반드시 가야 했다. 민주당이 강원도민을 대하는 최소한의 예의라고 생각했다.

선거 판세는 전국적으로 민주당에 유리했다. 특히 수도권과 대도시를 중심으로 민주당 후보의 지지율이 높았다. 강력한 경쟁 상대였던 국민의힘은 내부 갈등과 준비 부족으로 갈팡질팡하는 모습이었다. 그런데 강원도는 달랐다. 일부 도시 지역과 농촌 지역 간의 편차가 컸다. 지역에서 오래 활동해 온 당원들에게 물어보니 3년 전에 비하면 많이 좋아졌다고 했다. 하지만 내 눈으로는 그 변화를 쉽게 확인하기 어려웠다. 세 바퀴 가운데 첫 번째 순회를 마칠 때까지도 그랬다.

선거 초반이긴 했지만 이런 선거가 가장 어렵다. 시민들의 반응을 가늠하기 힘든 선거는 막판까지 우세를 확신할 수 없다. 지는 선거도, 이기는 선거도 수없이 겪어 온 나는 마음이 점점 어두워졌고, 그만큼 긴장했다. '한번 지켜보자'는 강원도민의 속내가 읽혔다.

두 번째 순회부터는 분위기가 조금씩 달라졌다. 유세장 앞으로 다가오는 분들도 많아졌고, 고개를 끄덕이며 공감을 표시하는 이들도 눈에 띄게 늘었다. 중앙당에는 긍정적인 보고를 올렸다. 그러나 세 번째 강원도 순회 유세를 출발할 즈음 다시 판이 흔들렸다. 네거티브 공세가 도를 넘었다. 정책이나 비전은 찾아보기 어려웠다. 결과는 3.4%포인트 차이의 패배였

다. 정말 이겨서 돌아가고 싶었는데, 끝내 그 벽을 넘지 못했
다. 너무 아쉬워 발걸음이 쉽게 떨어지지 않았다.

사람은 태어난 데가 뿌리 아니요

정치권에 들어온 뒤로 크고 작은 선거 때마다 강원도를 찾
았다. 노무현 대통령 선거부터 이광재 도지사 선거, 최문순 도
지사 선거 때까지 각종 직함을 달고 강원도 곳곳을 다니며 사
람들을 만나고 강원도의 고민을 들었다. 내 고향 철원에서 치
르는 선거는 한 번도 거르지 않았다.

그러나 지난 대선 때 한 달 가까이 강원도 구석구석을 돌며
강원도의 숨결이 얼마나 느려졌는지는 제대로 실감하지 못했
다. 세 바퀴를 도는 동안 줄잡아 5,000km에 이르는 강원도의
절망을 나는 끝내 온전히 담아 안지 못했다. 사람이 살아가는
일이 다 거기서 거기라고 여겼던 내 마음이 그렇게 속절없이
무너져 내릴 줄은 정말 몰랐다.

하루의 선거운동을 마치고 막걸리라도 한 사발 앞에 놓이
면, 그 마을에서 살아가는 분들의 한숨이 밥상 위에 그득 쌓이
곤 했다. 낮 동안 함께 걸으며 “여기도 빈집, 저기도 빈집”, “여
기 살던 김 씨는 3년 전에 떠났고, 저기 살던 이 씨는 집을 비
운 지 5년이 넘었다”며 목소리가 점점 가라앉던 어르신 한 분
이 막걸리로 입술을 적시며 말했다.

“한 동네 같이 살던 사람들이 어느 날 짐 싸서 서울로 가 버

리면 마을이 텅 빈 것 같애. 우 의원님은 그 심정 모르실 거야.”

나는 할 말을 잃고, 목마른 놈이 숭늉 찾듯 막걸리를 들이켰다.

“나도 조만간 이 세상 뜨겠지만, 이 마을을 어떻게 해야 할지 모르겠수. 대통령이 누가 되든 그게 이 마을하고 무슨 상관 있수? 이재명이 되면 나갔던 사람이 들어온데? 김문수가 되면 지금보다 더 망한다고?”

몇 잔에 취기가 오른 듯 어르신의 목소리는 더 바닥으로 내려앉았다. 딛고 선 바닥이 무너지는 듯한 황망한 표정이었다. 초점 없는 눈가에는 상실감이 몰려드는 것 같았다. 얼굴 가득 어두운 그늘을 드리운 그 어르신이 밥집 문 쪽으로 향했다. 얼른 배웅하던 나와 눈이 마주치자 그분이 물었다.

“고향이 강원도라고?”

“아, 예. 철원입니다.”

“거기는 아직 좀 더 버티갔구만.”

“…….”

“내가 옛날 사람이라, 새겨듣지는 마소. 사람은 저 태어난 데가 뿌리 아니요?”

뭐라고 대답할 말을 찾는 동안 그 어른은 휘적휘적 가로등 아래를 걸어갔다. 일행에게 물어보니 그 마을에서만 70년 넘게 살아오셨다고 했다. 새겨듣지 말라던 어르신의 말씀이 오래도록 귓가에 머물렀다.

병원, 학교, 도서관

자신의 고향이 사라질지도 모른다는 절망감에 어쩌지 못하는 어르신들의 다른 한편에는 도무지 변하는 게 없다는 아우성도 컸다. 시간이 멈춘 것이나 다름없다는 원망이었다.

"우리는 30년째 변한 게 없다. 선거만 하면 사람들이 와서 발전시킨다 어쩐다 하는데, 도로만 깔아. 뜯어먹지도 못하는 도로만! 먹고사는 문제는 맨날 그대로야. 옛날 그대로!"

아우성은 줄을 이었다. 아이를 낳을 병원이 없고, 아파도 돌봐 줄 의사가 없다. 예전에는 읍내에 병원이 한두 개 있었는데, 지금은 하나도 없다는 것이다. 이게 말이 되느냐고 했다. 여기서는 살지 말라는 소리 아니냐고. 그럼 어디로 가라는 거냐고….

아우성조차 달라진 게 없었다. 3년 전, 20대 대선 당시 '매타버스(매주 타는 버스)'로 삼척을 찾았을 때, 이재명 후보에게 한 아주머니가 이렇게 하소연한 적이 있었다.

"어릴 때부터 우리의 꿈은 저 태백산맥을 넘는 거였습니다."

21세기를 20년 넘게 살아오면서도 강원도의 소외와 한(恨)을 그렇게 절절하게 표현한 말은 다시 듣지 못했다. 예전에는 저 높고 두터운 산맥을 넘는 것 자체가 새로운 삶의 시작이었을 만큼 강원도가 소외돼 있었다는 뜻이다. 그 삼척 아주머니의 당부는 분명했다. 이제 이재명 후보가 대통령이 되면 우리 아이들만큼은 더 이상 그런 장벽을 느끼지 않게 해 달라는 것이었다. 그 아주머니의 염원대로 지금은 과연 달라졌을까.

내가 강원도를 돌며 보고 들은 것은 최소한의 삶의 조건이라도 갖춰 달라는 요구였다. 내가 만난 평범한 사람들은 거창한 기획이나 대단한 비전을 원하지 않았다. 병원과 학교, 그리고 도서관이 가장 급하다고 했다. 전쟁으로 고통받는 나라에 UN 평화유지군이 도착하면 가장 먼저 짓는 건물이 병원과 학교다. 지금의 강원도가 꼭 그렇다.

내 고향은 강원도다. 내가 정치판에 발을 들인 지도 어느덧 25년이 지났다. 그동안 나는 대체 무엇을 하고 있었던 것일까….

책임감에 대하여

"여기에 무슨 공장이 들어오겠어요, 큰 회사가 들어오겠어요? 기대도 안 해요."

"뭐, 그냥 도로 하나 새로 깔아주면 고맙다, 하죠. 마을회관 하나 새로 지어주면 더 고맙고…."

"여기서 정치한 사람들은 다 그렇게 했는데요."

강원도를 돌며 목격한 것은 일종의 무기력 같은 것이었다. 한편으로는 수긍이 가기도 했다. 수십 년 동안 선거를 치러 왔는데도 늘 똑같았던 것이다. 다람쥐 쳇바퀴 돌 듯 말이다. 이 웅크린 마음을 어떻게 다시 펼 수 있을까.

다양한 사람들을 만나고, 그들의 가슴 속에 가라앉아 있던 이야기를 끌어올려 듣고, 쓸쓸한 눈빛을 마주하면서 나는 스스로를 돌아보기 시작했다. 시간이 좀 걸리더라도 나를 길러 낸 곳으로 돌아와야겠다는 생각이 들었다. 나날이 황량해지는 땅을 지금껏 지켜 온 분들에게 아주 작은 보탬이라도 되어야 한다는 책임감이 절절하게 차올랐다.

크지는 않지만 그래도 25년을 지내며 쌓아 온 '중앙의 힘'을, 그 물꼬를 고향으로 전하고 싶었다. 4선 국회의원, 예산과 정책을 품고 살아온 원내대표, 민주당의 위기를 관리했던 비상대책위원장, 이재명 대통령실의 정무수석…. 내가 할 수 있는 일과 뒷받침할 수 있는 경험의 범위를 수없이 되짚어 보았다.

그래서 이분들에게 새로운 길, 새로운 희망을 이야기하고 싶어졌다. 당장 눈앞에 화려한 궁전을 보여 주기보다 가슴속에 작은 불씨 하나를 품게 하는 일이 더 중요하다는 것, '천년 변방' 강원도가 아니라, 새로운 시대의 기둥으로 전환할 수 있다는 것, 높고 깊은 태백산맥이 절망과 소외의 장벽이 아니라 강원도를 지켜 내는 튼튼한 성채가 될 수 있다는 것, 나 혼자 책임지는 방식이 아니라 함께 부여잡고 이루어 가는 '신박한 경험'을 같이 누려 보자는 것…, 이것이 내 남은 삶의 책임을 다하는 길이 아닐까 생각했다.

그렇게 마음을 다잡고 나니 강원도가 다시 눈에 들어오기 시작했다. 두 번째 순회를 돌 때부터는 발길이 닿는 곳마다 아

이디어가 솟아났다. 여기는 무엇을 하면 활성화될까, 저기는
조금만 손을 보면 지금보다 나아지지 않을까 그런 질문과 생
각, 답들이 이어졌다.

그러다 보니 내가 다녀왔던 외국의 사례들이 떠올랐고, 다
른 지역들과 비교도 하게 됐다. 손수첩은 휘갈겨 쓴 메모로 금
세 가득 찼다. 이제 와 고백하자면, 강원도를 세 번 일주하는
동안은 이재명 후보의 대통령 선거를 뛰는 시간이자 동시에
나만의 ‘강원도 구상’을 만들어 나가던 기간이기도 했다.

수생목(水生木)

오래전 지인으로부터 강원도의 음양오행에 대한 설명을 들
은 적이 있다. 풍수지리와 오행설로 보면 강원도가 ‘목(木)’에
해당한다고 했다. 방위로는 동쪽이고, 태백산맥이 길게 뻗어
있어 산세가 크고 나무가 울창해서 그러려니 하면서 어렵지
않게 수긍했다. 또 ‘목’은 ‘인(仁)’을 상징하며 솟구쳐 오르는
생명력과 순박함을 의미한다고 하니, ‘감자 바우’라 불리는 강
원도 사람들의 어질고 순박한 성정과도 상통한다.

‘목’인 강원도 주변으로는 서울이 ‘수(水)’의 기운이고, 충
청이 ‘토(土)’, 경상도가 ‘화(火)’, 전라도가 ‘금(金)’의 기운이
강한 곳이라 한다. 또 오행[木火土金水]의 상생(相生)과 상극
(相剋)으로 보면, 목생화(木生火)라고 해서 나무에서 불이 생
긴다는 뜻이니 강원도가 잦은 산불로 고초를 겪는 이유가 설

명되기도 한다.

재미있는 해설은 '수생목(水生木)'이라는 상생 관계에 대한 설명이었다. 물에서 나무가 생긴다는 의미다. 물이 있어야 나무가 산다는 뜻이기도 하고, 물이 나무를 살린다는 뜻으로도 읽힌다.

'수생목'을 설명하던 지인은 문득 손가락으로 서울 쪽을 가리켰다. 그의 설명에 따르면 서울이 '수'의 기운이고 강원도가 '목'의 기운이니, 서울이 강원도를 살린다는 의미일 것이다. 휴가철이면 서울과 수도권에서 특히 강원도로 많은 사람들이 들어오니, 그 또한 자연스럽게 설명이 되었다.

그렇게 한참 음양오행을 설명하던 그가 갑자기 손가락으로 나를 짚더니 고개를 끄덕였다. 아직도 그 속뜻을 알진 못한다. 그때 나는 포천에서 밭농사에 한창 재미를 붙이고 있을 때였다. 그로부터 서너 달 뒤 나는 이재명 대통령으로부터 전화를 받고 대통령실로 출근했다.